Frédéric de Dormeville ist das Pseudonym eines bekannten Schriftstellers, der in diesem Roman historisches Wissen und erotische Phantasie reizvoll zu verbinden weiß.

Von Frédéric de Dormeville erschienen ebenfalls in der Knaur-Taschenbuchreihe *Erotik:*

»Isabella – Liebeslehre am Fürstenhof« (Band 2501)
»Isabella – Fürstin der Liebe« (Band 2503)

Originalausgabe

Umschlagillustration Ulrich Lichthardt
Satz IBV Lichtsatz KG, Berlin
Druck und Bindung Hanseatische Druckanstalt GmbH, Hamburg
Printed in Germany · 1 · 12 · 1182
ISBN 3-426-02502-7

1. Auflage

Frédéric de Dormeville:
Isabella –
In den Zelten der Lust

Chronik eines wilden Lebens

Roman

Knaur

1. Kapitel

Fürstin Isabella von Blauenfels lag lässig auf einer Chaiselongue in ihrem geräumigen Boudoir, durch dessen hohe Westfenster die sinkende Maisonne leuchtend goldenes Licht warf, das merkwürdig mit dem düsteren Gewand kontrastierte, in das die Fürstin gehüllt war.

Die schwarze Witwentracht, denn darum handelte es sich, kontrastierte ihrerseits mit dem jungen, frischen, von offen getragenem großlockigem, braunrotem Haar umrahmten Gesicht, das aus dem steifen Stehkrägelchen herausschaute.

Den beiden Krabbelkindern wiederum, die auf den schwellenden Teppichen des Boudoirs ebenso unbeholfen wie vergnügt miteinander zu balgen versuchten, schmeichelte das goldene Licht, dämpfte den feuerroten Schopf des Buben und legte Glanz auf das Flachshaar des Mädchens.

Es waren Erbprinz Heinrich-Otto und Prinzessin Walburga, Zwillinge, gerade zehn Monate alt und seit acht Monaten vaterlos – der einundsiebzigjährige Fürst Blauenfels war wenige Wochen nach ihrer Geburt bei einem Reitunfall ums Leben gekommen. So wurden sie, gänzlich unvermutet, zu Halbwaisen, und ihre junge Mutter, die bei ihrer Geburt noch keine siebzehn Lenze zählte, zur Fürstinwitwe. Und zur Regentin für den noch nicht einmal einjährigen Sohn zu ihren Füßen.

Allzuviel hatten diese Titel freilich nicht zu bedeuten – das Fürstentum Blauenfels war nur eine gefürstete Grafschaft, klein und im Fürstenkonzert des Heiligen Römischen Reiches Deutscher Nation ohne Sitz und Stimme. Aber reich, sehr reich war er gewesen, der alte Blauenfelser, und das war seine junge Witwe nun auch.

Es klopfte, und ohne ein »Herein!« abzuwarten, betrat Mariella, die Kammerjungfer der Fürstin, das Boudoir, ein Wägelchen vor sich herschiebend, auf dem Tee und Gebäck angerichtet waren. Mariella, knapp zehn Jahre älter als die Fürstin, und nicht nur deren Bedienstete, sondern vor allem ihre enge Vertraute, konnte sich dieses unbefangene Verhältnis zu der jugendschönen Fürstin leisten, weil sie an Ansehnlichkeit ihrer Herrin durchaus ebenbürtig war: schwarze Haare, grüne Augen, bronzefarbene Samthaut und eine reife, vollendete Figur.

Mariellas hübsches Gesicht umwölkte sich. »Was schauen Sie denn so traurig drein, Durchlaucht?« fragte sie fürsorglich.

»Ach Mariella«, seufzte die Fürstin, »ich weiß auch nicht, diese Maisonne, sie macht mich irgendwie unruhig. Fortwährend muß ich an letztes Jahr denken, du weißt schon, die Orgie in Meißen und wie wir es mit den Bootsleuten trieben...«

»Nun, Durchlaucht«, lächelte Mariella, »es hat mich ohnehin verwundert, daß Ihr nicht schon längst einen bestimmten Mangel beklagt habt, denn was Sie – nein, wir – erlebt haben, das vergißt man ja nicht so leicht.«

»Ich glaube, es lag an denen da«, Isabella deutete auf die sich balgenden Zwillinge, »solange ich sie genährt habe, ist mir gar nichts anderes in den Sinn gekommen. Doch seit nun meine Milch versiegt ist, da ist es wiedergekommen, dieses Kribbeln und Sehnen – aber wie soll ich denn, hier, unter den Argusaugen der bigotten Hofdamen und noch ehe das Trauerjahr um ist...«

»Ei, Durchlaucht«, rief Mariella, »da wüßt' ich schon Rat! Nehmt doch vorerst mit mir vorlieb. Ich kann Euch jederzeit unverdächtig nahe sein, auch zu später Stunde.«

»Du meinst...?«

»Ei verbibbsch, warum denn nicht?« erwiderte Mariella, die, obwohl Halbitalienerin, stark sächsisch eingefärbtes Deutsch sprach, war sie doch in Schloß Blauenfels an der Saale aufgewachsen. »Hat

Euch nicht sogar in Eurer Hochzeitsnacht meine Zunge Freude bereitet?!«
»Gewiß«, bestätigte die junge Fürstin, und die Erinnerung an jene Nacht drei Zimmer weiter im nun unbenutzten Schlafgemach ihres Gatten ließ sie heftig erröten, freilich nicht aus Scham, eher im Gegenteil.
Mariella blitzte die Fürstin herausfordernd aus ihren grünen Augen an. »Dann richte ich mich darauf ein, Euch heute abend etwas länger zu Diensten zu sein. Und nun nehmt Euren Tee!«

Etwas befangen war Fürstin Isabella aber doch, als Mariella ihr am Abend, wie üblich, beim Auskleiden und in der Badestube behilflich war. Ihre gemeinsamen Lusterlebnisse hatten sich spontan ergeben, und außerdem war stets Isabellas Mann dabeigewesen, der am Liebesspiel der beiden Frauen viel Freude gehabt hatte. Die Badestube, zwischen den Schlafgemächern der Fürstin und des Fürsten gelegen, war ein zu dieser Zeit – man schrieb das Jahr 1713 – noch vollkommen unüblicher, unerhörter Luxus. Der verstorbene Fürst war ein Reinlichkeitsfanatiker gewesen und hatte jeden Abend, mitunter sogar mehrmals am Tag gebadet, eine Gewohnheit, die seine junge Frau übernommen hatte. Wie zu Lebzeiten des Fürsten wurden auf dem Herd im Baderaum große Eisenkessel mit heißem Wasser bereitgehalten, genug, um auch den größten der hölzernen Badezuber, der bequem zwei Personen Platz bot, jederzeit zu füllen.
Sonst bediente sich Isabella am Abend eines der kleineren Zuber. Diesmal jedoch hatte Mariella den großen gefüllt. Und nachdem sich die Fürstin in dem zart duftenden warmen Wasser niedergelassen hatte, schlüpfte auch die Kammerzofe aus den Kleidern und gesellte sich zu ihrer Herrin.
Genauso hatten sie vor nicht ganz zwei Jahren am Abend nach Isabellas Hochzeit in dem großen Zuber gemeinsam geplanscht. Da war es freilich ein Nachspiel gewesen, nun war es ein Vorspiel. Mariella seifte die Fürstin sorgsam ein, dabei ließ sie ihre Finger

überaus zärtlich über Isabellas Körper spielen, verweilte besonders bei den Brüsten, an den Innenseiten der Schenkel, richtete es auch so ein, daß sie wie von ungefähr eine ihrer vollen und festen Brüste gegen eine der nicht minder prallen Kugeln Isabellas drückte, so daß die Brustwarzen aneinander rieben und sich aufzurichten begannen.

Isabella spürte, wie erste Wonneschauer ihren Körper durchrannen, gab leise Laute der Zufriedenheit von sich und begann, zunächst noch zögernd, den schönen Körper ihrer Zofe zu streicheln. Mariella lächelte sie unbefangen und aufmunternd an: »So ist's recht, Durchlaucht, Ihr werdet sehn, es geht auch ohne Mann!« Und nach einer Weile: »Kommt, laßt uns aus dem Zuber steigen und uns trockenreiben!«

Das wurde mit weichen, warmen Tüchern besorgt, was weitere Gelegenheit zu intimen Berührungen bot, von beiden jungen Frauen, die allmählich immer hitziger wurden, weidlich ausgenutzt. Schließlich ließen sie die Tücher fallen, standen sich heftig atmend gegenüber und preßten dann, jede das Gesäß der anderen umgreifend, ihre Bäuche und Brüste lustvoll zuckend aneinander.

Nach einigen Augenblicken ließ Isabella los. »Komm!« keuchte sie, nahm Mariella bei der Hand und zog sie ins benachbarte Schlafgemach. Eng umschlungen fielen sie auf das einladend breite Himmelbett, und ohne Zögern griff nun jede in die nasse, weit geöffnete Liebesgrotte der anderen.

Wieder war es nach einer Weile die Fürstin, die Regie führte: »Auf, Mariella, dreh dich herum«, stieß sie schwer atmend hervor, »jetzt machen wir es uns richtig!« Mariella verstand, und im nächsten Augenblick vergruben sie die Köpfe zwischen den weit gespreizten Beinen der anderen; ihre Zungen tanzten auf den vorgeschwollenen Kitzlern herum; die schlanken Hände streichelten die Gesäßbacken, die Schenkel, und packten dann fester zu. Die beiden schönen Leiber bildeten ein verschlungenes, wonnevoll zuckendes Gliederknäuel, das sich erst löste, als der Sinnestaumel sich brach, und die beiden Frauen stöhnten vor Lust, ungehemmt und außer sich. Benommen rangen sie beide nach Luft, mit wogenden Brüsten, rücklings nebeneinander auf dem Bett ausgestreckt. »Mei, Mariella«, murmelte Fürstin Isabella, die aus lauter Erregung in das bayerische Idiom ihrer Mutter verfiel, »des war fei guat, grad bärig war's!«

»Gell, Durchlaucht«, strahlte Mariella, »wir Weiber können uns auch ganz gut selbst helfen!«

»Wahrhaftig! Das können wir«, stimmte Isabella zu, »die Lust ist ganz die gleiche. Obzwar«, fügte sie nachdenklich hinzu, »so ein dickes männliches Ding in sich zu spüren, das hat halt doch noch seinen eigenen Reiz.«

»Gewiß doch«, erwiderte Mariella vergnügt, »ich habe ja auch«, sie kicherte, »wie Ihr wohl wißt, keinen Mangel daran. Doch gemach, Durchlaucht, auch dazu wird Euch Mariella verhelfen, wartet nur ab.«

»Willst du etwa deinen Armand hier hereinschmuggeln?« fragte Isabella erstaunt. »Ich meine, verschmähen tät' ich ihn nicht, hat er doch schon in mir gesteckt, und das nicht nur an einer Stelle!«

»Oh, ich hätte keine Scheu, ihn mit Euch zu teilen«, lächelte Mariella, »doch das meinte ich nicht, denn den Unterhofmeister hier hereinzubringen, das ist zu schwierig. Höchstens könnte ich arrangieren, daß wir ihn bei einem Ausritt treffen – abgeneigt wird er, wie ich ihn kenne, gewiß nicht sein. Aber zuvor zeige ich Euch noch etwas anderes, das uns viel Spaß bereiten wird. Ich kann es schlecht beschreiben, wartet also bitte bis morgen.«

»O ja, Mariella«, seufzte die Fürstin wohlig entspannt, »dann wollen wir jetzt noch einmal baden, verschwitzt wie wir sind, und es für heute genug sein lassen. Wir wollen nicht übertreiben.«

In dieser Nacht schlief die junge Fürstin Isabella besser als in den vorangegangenen, fast so tief, wie meistens in der kurzen Zeit ihrer Ehe. Der reiche Fürst hatte die vierundfünfzig Jahre jüngere Comtesse Katzenstein-Waldheim sozusagen gekauft, denn Isabellas verarmte Eltern hatten das Geld des Blauenfelsers dringend nötig gehabt; doch die junge Fürstin war mit dem Handel mehr als zufrieden gewesen. Fürst Heinrich-Otto hatte mit seiner großen Ruhe, Weisheit und Zärtlichkeit alsbald das Herz der jungen Isabella gewonnen und sie die Liebe zum Körper und die körperliche Liebe gelehrt. Mit größtem Erfolg, wobei ihm Isabellas handfestes Naturell entgegenkam – ein Erbe ihrer bayerischen und schwäbischen Vorfahren und auch eine Folge des Umstandes, daß sie bei den Eltern in einer Umgebung aufgewachsen war, die mehr der eines Gutshofes als einer Residenz glich. So war Isabella weder verzärtelt noch zimperlich, dabei jedoch wohlerzogen, überdies in jeder Hinsicht schön und schon mit fünfzehn voll erblüht – lauter Eigenschaften, die es ihr leichtgemacht hatten, die Liebeslehre am Fürstenhof nicht nur zu absolvieren, sondern in vollen Zügen zu genießen. Nur war diese schöne Zeit leider sehr kurz gewesen, bedingt durch Isabellas rasche Schwangerschaft und den jähen Tod des Gatten. Noch wußte Isabella nicht, wie sich ihr weiteres Leben gestalten würde, oder wie sie es gestalten sollte.

Nicht ohne eine gewisse Neugier erwartete die Fürstin am nächsten Abend ihre Kammerjungfer. Mariella erschien, wie stets fröhlich und verschmitzt lächelnd, und ein wenig lüstern auch. Sie begann das Spiel wie am Vortag – ließ Wasser in den großen Zuber, gesellte sich darin zur Fürstin, seifte und wusch sie, griff dabei geübt an alle reizbaren Stellen, was die Fürstin – ohnehin durch Mariellas Ankündigung vom Vortag gespannt und erregt – freudig erwiderte; die beiden jungen Frauen geilten sich in dem warmen Wasser rasch und heftig auf.

»Ich merke schon«, sagte, nein keuchte Mariella nach einer Weile, denn die Fürstin hatte eine Hand zwischen Mariellas Beinen und ließ ihren Mittelfinger auf der Lustwurzel tanzen, »Durchlaucht können es nicht erwarten!« Sie stieg aus dem Zuber, half auch Isabella heraus. Es folgte wiederum die erotisierende Abrubbelei mit warmen Tüchern, dann löste sich Mariella von der Fürstin, ging voraus ins Schlafgemach und kramte in einer mitgebrachten Tasche.

»Schaut, was ich da habe!« rief sie, sich aufrichtend, was ihre prallen Brüste reizvoll erzittern ließ, und hielt der Fürstin ein Gebilde hin, das Isabella zu einem verblüfften: »O mei!« hinriß: Es war ein überaus kräftiger, verblüffend naturgetreu nachgebildeter Penis, ein stehender natürlich, komplett mit dem Doppelsack, welcher freilich nicht weich, sondern fest war, so daß er als Handgriff dienen konnte. Überzogen war das Gerät mit hautfarbenem, genarbtem weichen Leder.

»Herrje, Mariella, wo, um Himmels willen, hast du denn das her?« rief Fürstin Isabella, immer noch verdutzt, doch fröhlich und mithin dem, was mit dem Ding anzustellen war, keineswegs abgeneigt.

»Ach«, lachte Mariella und klemmte sich den Kunstphallus zwischen die Oberschenkel, um ihn körperwarm zu machen, »das ist ja eigentlich ein Gerät für ältere Damen, die ihn noch spüren mögen, aber an echte nicht mehr herankommen. Ich fand es schon vor Jahren, als ich die Sachen einer verstorbenen Beschließerin aufräumte. Da nahm ich es, aus Neugierde und auch, um den Angehörigen der alten Frau den Schreck zu ersparen – Ihr könnt Euch wohl denken, daß nicht jedermann Verständnis für so etwas hat.«

»Gewiß«, lächelte Fürstin Isabella, »aber ich, ich habe dafür Verständnis, sogar sehr viel. Komm, Mariella, gib ihn her!«

»O nein, Durchlaucht, nicht so hastig«, widersprach Mariella, »dieser Luststab ist doch etwas härter als der lebendige und könnte Euch weh tun, wenn Ihr nicht zuvor schön naß und weich seid. Legt Euch nur hin und laßt Mariella machen.«

Die hocherregte Isabella ließ sich das nicht zweimal sagen, und sofort machte sich Mariella über sie her, knabberte an den hart geschwollenen Brustwarzen ihrer Herrin, streichelte die Innenseiten der straffen, erwartungsvoll geöffneten Schenkel, kraulte den kräftig behaarten Venushügel und griff dann herzhaft in Isabellas Lustspalte, wobei sie nicht, wie sonst, nur den Kitzler bearbeitete,

sondern die fleischigen Schamlippen auseinanderpreßte und erst mit einem, dann mit zwei und drei Fingern in Isabellas trotz der Entbindung noch erstaunlich enges Männerfutteral eindrang.
Isabella genoß diese Behandlung mit zurückgelegtem Kopf und geschlossenen Augen. So sah sie nicht, wie Mariella das dicke Kunstglied in Stellung brachte. »Aaaaah«, stöhnte sie schmerzhaft-lustvoll auf, als Mariella den Penisersatz mit einem kräftigen Stoß in sie hineintrieb und in langsamem Rhythmus zu pumpen begann. Alsbald zuckte Isabellas Unterleib dem Gerät entgegen, auch griff sie selbst, da Mariella dies nicht zugleich konnte, mit einer Hand nach unten und rubbelte sich mit dem Zeigefinger den Kitzler.
Auch Mariella, deren grüne Augen blitzten und deren Brüste im Takt mit den Zuckungen der Fürstin wippten, griff sich mit der freien Hand zwischen die Beine. Gemeinsam stöhnend, zitternd, keuchend arbeiteten sie sich Isabellas Wonnegipfel entgegen. Der ließ nicht lange auf sich warten. »Ui, ja, ach, ui, jaaa, des – jaaa des – ui – jaaa – des isses – oooh . . .« Über Isabellas schweißglänzenden Körper schauerten Wellen von Gänsehäuten, ehe sie erschlaffte.
Aber nur ganz kurz. »Gib her!« keuchte sie gleich darauf, drückte die halb sitzende Mariella nieder und stieß das nasse Kunstglied in die Kammerjungfer hinein, die schmerzlich-süß zu jubeln begann. Auch sie brauchte, vom Vorhergegangenen gewaltig erregt, nicht sehr lange, bis sie, lauthals frohlockend, am Ziel ihrer Wünsche ankam.
Schwer atmend lagen sie dann nebeneinander auf dem riesigen Bett, nur halb bei Bewußtsein, und streichelten sich in sachtem Nachgenuß.

2. *Kapitel*

Die erotischen Spielereien mit ihrer Vertrauten taten der jungen Fürstin zwar gut und heiterten ihr verdüstertes Gemüt etwas auf – indes, das Leben auf Schloß Blauenfels mißfiel ihr von Tag zu Tag mehr. Es war für Isabellas lebhaftes Naturell einfach zu höfisch eingeengt. Wenn sie wenigstens Feste hätte geben können, um Leben in die großen Hallen des Schlosses zu bringen – doch daran war vor Ablauf des Trauerjahres nicht zu denken.
Ärgernis bereiteten ihr auch die Gäste, die zum Sommer hin immer häufiger auftauchten, angemeldet wie überraschend: Söhne der Grafen und Duodezfürsten aus der engeren und auch der weiteren Nachbarschaft, die es zwar auch auf die junge, liebreizende Witwe abgesehen hatten, zuvörderst aber auf ihren ererbten Reichtum. Den jedoch gedachte Isabella vorerst nicht mit irgend jemand zu teilen, schon gar nicht mit Mitgiftjägern.
Sorge machte ihr auch die Entwicklung ihrer Kinder in der von strenger Etikette geprägten Umgebung auf Schloß Blauenfels. Eingedenk ihrer eigenen Erziehung war ihr die fast unvermeidliche Verbildung der Kleinen zu höfischen Anziehpuppen höchst unerwünscht.
Und noch etwas anderes kam hinzu: Isabella merkte wohl, daß der Hofklatsch sich mehr und mehr damit beschäftigte, daß ihre Zwillingskinder gar so verschieden seien, also wohl von zwei Vätern stammen müßten. Isabella wußte, daß dies in der Tat so war – hatte doch ihr verstorbener Gatte schon bald nach der Hochzeit auf einer Reise eine gemeinsame Copulation der kleinen Reisegesellschaft arrangiert, die aus Fürst und Fürstin, Mariella und dem

Comte de Careilles, dem Unterhofmeister und Adjutanten des Fürsten, bestanden hatte.
Da Isabella sicher war, bei dieser Gelegenheit schwanger geworden zu sein, da des weiteren sich damals sowohl ihr Gatte als auch Armand de Careilles in ganz kurzen Abständen in sie ergossen hatten und da schließlich die kleine, flachsblonde Walburga mit jedem Tag, den sie älter wurde, immer mehr dem Unterhofmeister glich, während ihr brandrothaariger Zwillingsbruder Heinrich-Otto genauso aussah wie sein Vater bald ein Dreivierteljahrhundert früher, bestand für Isabella nicht der mindeste Zweifel, daß ihre Zwillingskinder zwei verschiedene Väter hatten.
Sie brauchte sich daraus kein Gewissen zu machen, war doch alles nicht nur mit dem Einverständnis, sondern mit dem erklärten Willen des Gatten so geschehen. Das wußten zwar auch der Comte de Careilles und Mariella, aber Isabella war sich darüber im klaren, daß die prüde Blauenfelser Verwandtschaft auf das Zeugnis des flotten Franzosen und der ehemaligen Mätresse des verstorbenen Fürsten – denn das war Mariella gewesen – nicht viel geben würde, kurz, daß sie in Blauenfels mit der Zeit Schwierigkeiten bekommen würde.
Dem gedachte Isabella sich nicht auszusetzen, weshalb sie nach reiflicher Überlegung beschloß, von Blauenfels nach Katzenstein umzusiedeln. Zu ihren Eltern.
Mariella war anfangs nicht besonders davon angetan, sie war schließlich in Blauenfels aufgewachsen, doch als die junge Fürstin ihr versicherte, daß ihrer beider Leben im heimatlichen Katzenstein sehr viel fröhlicher und lockerer verlaufen würde, begann auch die Kammerjungfer Gefallen an diesem Entschluß zu finden.
Die Hofgesellschaft in Blauenfels war von Isabellas Reiseplänen alles andere als entzückt, zumal Isabella sich nicht scheute, das Hofpersonal drastisch zu verringern, weil es ja während ihrer Abwesenheit eine Hofhaltung im eigentlichen Sinne nicht geben würde. So blieben nur die wenigen Hilfskräfte, die notwendig wa-

ren, das Schloß instand zu halten, und die kleine Schar der Hofbeamten, die den fürstlichen Grundbesitz und die Manufaktureien zu verwalten hatten, aus denen sich Isabellas Reichtum ständig und nicht unbeträchtlich mehrte.
Die Leitung der Wirtschaftsbetriebe hatte Isabella gleich nach dem Tode ihres Gatten dem Comte de Careilles übertragen, der zu Lebzeiten des Fürsten dessen Assistent gewesen war und sich vorzüglich aufs Geschäft verstand.
Ihn hatte Fürstin Isabella auch die Reisevorbereitungen treffen lassen und erfreut erfahren, daß der fesche Armand es einrichten konnte, sie selbst nach Katzenstein zu begleiten.
Und so nahm dann die Fürstin eines warmen Julitages leichten Herzens von Schloß Blauenfels Abschied, in dem sie sich seit dem Tode ihres Gatten nicht mehr heimisch gefühlt hatte. Die wenigen verbliebenen Bediensteten sahen mit gemischten Gefühlen die Wagenkolonne davonrollen: Vorweg ein Trupp gut bewaffneter Berittener – vorsichtshalber, wenn auch der Sommer 1713 in Mitteldeutschland recht ruhig war. Dann folgte ein Gepäckwagen, dahinter der elegante, vorzüglich gefederte Landauer, mit dem Isabella und Mariella fuhren, schließlich noch ein Wagen mit Gepäck und Proviant. Alle Wagen fuhren vierspännig, Isabella wünschte rasch zu reisen. Neben dem Landauer trabte auf seinem herrlichen Falben Armand de Careilles einher, auf der anderen Seite lief, sattellos und nur locker angebunden, die feurige Rappstute der Fürstin mit, die Isabella von Zeit zu Zeit mit ihren feuchten Nüstern anstupste – sehr zum Vergnügen der Kinder, die auf den Vordersitzen des Landauers in mit weichen Fellen gepolsterten Sitzschalen angegurtet waren. Denn selbst der Landauer schaukelte bei der hurtigen Fahrt auf den nicht gerade ebenen Straßen erheblich, so daß die Kleinen sich ohne diese Vorsorge wohl kaum auf den Sitzen hätten halten können.
Es zeigte sich bald, daß Armand die Reise exzellent vorbereitet hatte. Erste Station war der vornehme Gasthof *Zum Hirschen* in Erfurt. Dort waren Stallungen für alle Pferde, Unterkünfte für

Kutscher und Berittene, ein gut gesicherter Hof für die Kutschen bereit, auch Grießbrei für die – recht müden – Kinder, die bald nach ihrer Mahlzeit in einem geräumigen Nebengemach der Fürstensuite in tiefen Schlaf fielen.

Isabella genoß den Respekt und die Aufmerksamkeit sehr, die ihr entgegengebracht wurden – zum ersten Male erfuhr die Siebzehnjährige, was es bedeutet, eine Fürstin zu sein. Solange ihr Gatte lebte, war er der Ehrfurchtheischende gewesen, und sie das schöne junge Anhängsel. Doch nun war sie die Herrin, die krummen Buckel ringsum machten es ihr überdeutlich.

Wert legte die frische Isabella zwar nicht auf solche Katzbuckelei; aber freilich war es ihr angenehm, daß in der riesigen Gaststube des Erfurter *Hirschen* eine geräumige Nische für sie reserviert war – vor den neugierigen Blicken der anderen, meist bürgerlichen Gäste geschützt.

Die junge Fürstin, flankiert von Mariella und Armand, machte sich mit großem Appetit über die Hirschkalbmedaillons mit bittersüßen Waldpreiselbeeren her, die der Wirt auftischte. Dazu kredenzte er Roten aus Veltlin, der vortrefflich mundete und alsbald die Zungen der kleinen Gesellschaft löste.

Natürlich waren die lustvollen Tage und Wochen, die sie knapp vor Jahresfrist alle drei mit dem alten Fürsten Blauenfels verbracht hatten, das bevorzugte Thema.

Fürstin Isabella führte das Gespräch, nicht ohne Absicht, nach einer Weile in noch etwas weiter zurückliegende Zeit zurück: »Hab' ich dir eigentlich schon erzählt, Mariella, daß der erste Männerschwanz, den ich je in der Hand hatte, Armands strammer Riemen war?«

Der Comte errötete, Mariella aber kicherte und fragte: »Wollt Ihr etwa sagen, Durchlaucht, Ihr beide hättet schon vor der Ehe ...«

»Ei bewahre, das doch nicht!« lächelte Fürstin Isabella. »Recht komisch war's. Ich war ja noch ziemlich dumm damals, auch erst fünfzehn. Die Mama hatte mich, nachdem der Fürst um mich angehalten hatte, zum Heuboden geschickt, damit ich sehen konnte, wie es unser Verwalter in der Futterkammer darunter mit den Mägden trieb. Da sah ich zum erstenmal so ein steifes Männerding – aber aus großer Entfernung. Und als dann Heinrich-Otto, Gott hab ihn selig, den Armand nach Katzenstein schickte, damit er mir jungen Gans Französisch und Hofetikette beibrächte, da hab' ich ihn dann oben, im Turmkämmerchen gebeten, mir mal seinen ..., ach, Armand, erzählt Ihr weiter, sofern Ihr es der Mariella nicht ohnehin schon erzählt habt.«

»Hab' ich nicht!« protestierte Comte Armand. »Mir war das doch schrecklich peinlich!«

Die Fürstin grinste vergnügt. »Paß auf, Mariella, das war so: Ich hab' gesagt, er soll mir mal sein Ding zeigen, und er hat sich gewunden, noch und noch, es aber dann doch aus der Hose geholt – ganz schlapp und weich – ich war sooo enttäuscht. Doch dann hat er gesagt, ich soll ihm mal meinen Schoß zeigen. Hab' ich gemacht – und sofort kam seiner hoch, sehr schön, fein pulsierend. Und da hab' ich dann zugegriffen, wollte ja wissen, wie dick und hart oder weich so was ist.«

»Und Armand?« fragte Mariella erregt.

»Ich glaube, der wußte kaum, wie ihm geschah!« lachte Isabella. »Er hat mich geheißen, mich umzudrehen, damit ich nicht sähe, was er tut, um den steifen Pfahl wieder klein und in die Hose hineinzukriegen. Ich hab's aber doch gesehen, in einem spiegelnden Fenster, wie er an seinem Ding gerubbelt hat, bis es spritzte – gell, Armand, das habt Ihr nicht gewußt?«

»Nein, Durchlaucht«, erwiderte Armand. »Das war damals eine arge Versuchung für mich, der ich widerstehen mußte, egal was geschah...«

»Ich weiß«, Isabella grinste wieder, »Ihr seid ja später dann auch reichlich entschädigt worden. Und dann noch mehr – es ist Euch doch klar, Graf Careilles, daß Ihr eine Prinzessin Blauenfels zur Tochter habt, aus meinem fürstlichen Bauch!«

»Gewiß, Durchlaucht, ich... ich...«, der Comte stocherte verlegen im Teller herum, »ich weiß diese Ehre...«

»Unsinn, Armand!« unterbrach die kleine Fürstin den verlegenen Franzosen. »Wir haben damals wie die kleinen Kinder angefangen, wir sind uns später ganz nahegekommen, und jetzt haben wir endlich wieder die Gelegenheit. Also, genießt dieses herrliche Wildbret und den köstlichen Wein – und später dann auch mich!«
Bei dieser Bemerkung fing die Fürstin einen zweifelnden Blick von Mariella auf. »Sorg dich nicht«, beruhigte sie ihre Zofe, »wir haben's früher gemeinsam gemacht, und das werden wir nun auch tun. Ich nehm' dir den Armand schon nicht weg!«
Mariella war sichtlich erleichtert, und das herzhafte Mahl ging weiter, auch pokulierten sie nicht wenig; die Stimmung stieg. Als Isabella schließlich die Tafel aufhob und aufstehen wollte, spürte sie die Wirkung des Weines in ihren Beinen. Doch sie wußte, was sie dem Ansehen einer Fürstin schuldig war – sie befanden sich ja, wenn auch separiert, in einem öffentlichen Gastraum. Bolzengerade kam Isabella hoch, hielt Mariella den Arm hin: »Geleite Sie mich«, befahl sie mit gespielter Förmlichkeit. Mariella schwankte ein wenig, als sie von Tische aufstand, doch am Arm der Fürstin stabilisierte sich ihre Haltung.
Gemessenen Schrittes, ohne unliebsames Aufsehen zu erregen, erreichten sie den Aufgang zu ihren Schlafquartieren. Armand de Careilles stapfte gravitätisch hinterher. Und dann, als sie alle drei das geräumige Gemach der Fürstin erreicht hatten, fiel schlagartig alle Mattigkeit von den beiden jungen Frauen ab. Ihre Kleider sanken zu Boden, nackt und gierig zerrten sie Armand aus Rock und Beinkleid. Unter diesem doppelten Ansturm stand natürlich Armands Prügel, kaum, daß er von den störenden Hüllen befreit war, groß, dick und hart in die Höhe.
Isabella lutschte sogleich daran herum, ließ ihre Zunge auf dem Spalt und dem Rand der Eichel umherwandern, während Mariella zugleich den Sack des Grafen kraulte und, wohl wissend, daß Männer dort sehr empfindlich und erregbar sind, eifrig seinen Schließmuskel befingerte, was Armand mit Jubellauten quittierte.

Nach einer Weile ließ die Fürstin von Armand ab und legte sich rücklings auf die flache Bettstatt, wie zufällig so, daß ihr wohlgerundeter Hintern auf der Bettkante zu liegen kam. Einladend spreizte sie die Beine und zog sie an. Armand verstand die Aufforderung, er kniete vor der Fürstin, was dank der weichen Teppiche keineswegs unangenehm war, drückte seinen Luststab in die Waagrechte und schob ihn in die Fürstin hinein.
Mariella sah nur kurz zu, wie Armand die Fürstin mit heftigen und tiefen Stößen bearbeitete, dann legte sie sich quer daneben und bettete ihren Kopf, Armand zugewandt, auf Isabellas Venushügel, wobei sie ihren Mund weit öffnete. So war es dem Comte möglich, die beiden wilden Schönen gleichzeitig zu bedienen, immer abwechselnd einige Stöße in Isabellas Leib und Mariellas Mund.
Er genoß das sehr, der Comte, und Mariella spürte bald, erfahren wie sie war, daß seine Entladung nicht mehr lange auf sich warten lassen würde. »Paß auf, daß du nicht in die Fürstin spritzt«, keuchte sie, als Armand gerade in Isabella steckte, »sie könnte schwanger werden!«
Der schwer arbeitende Comte nickte nur und richtete es dann so ein, daß Mariella seinen Segen zu schlucken bekam. »Schmeckt das eigentlich?« fragte die Fürstin, die zwar gern an männlichen Gliedern lutschte, aber noch nie Samen gekostet hatte.
»Mir schon!« lachte Mariella, die zugleich erfreut sah, daß Armands Schwanz auch nach der Entladung stehen blieb. »Bitte, Armand«, rief sie, »jetzt mach's mir auch richtig! Aber von hinten!« Und sie kniete sich, das pralle Gesäß hochreckend, auf dem Bett hin.
Bereitwillig kniete sich Armand hinter sie, packte fest ihre runden Hüften und wuchtete in sie hinein. Diesmal war es Fürstin Isabella, die nicht lange zusah. Sie überlegte kurz, dann stellte sie sich breitbeinig über Mariellas Rücken, so daß der Comte, ohne Mariella zu vernachlässigen, seinen Mund in die Lustmuschel der Fürstin versenken konnte.

Leise war das lustvolle Trio beileibe nicht: Armands und Mariellas Schenkel klatschten bei jedem Stoß lautstark aufeinander; Armands Zunge, die auf Isabellas Lustwurzel umherzuckte, erzeugte gedämpftere, aber doch unüberhörbare Geräusche: und alle drei röchelten und stöhnten ihre Wollust hemmungslos heraus. Angetrieben von der Fürstin, die ja fast ein Jahr lang keinen Mann gespürt hatte, ging die Dreiercopulation noch lange weiter; heiter und locker, in den verschiedensten Konstellationen verschafften sie sich immer neue Höhepunkte, bis die Erschöpfung sie schließlich einschlafen ließ, auf dem Lustlager, das reichlich breit genug für alle drei war. Armand ruhte in der Mitte, an ihn gekuschelt Isabella und Mariella. Ihr Atem ging langsam und ruhig, im wohligen Tiefschlaf, dem sicher ein fröhlich-sinnliches Erwachen folgen würde.

3. Kapitel

Der Comte de Careilles war ein Mensch, der sich nicht nur in einer Hinsicht für das leibliche Wohl der ihm schutzbefohlenen Damen verantwortlich fühlte. Das konnten die Fürstin und ihre Kammerjungfer feststellen, als sie am späten Vormittag ihr Frühstück einnehmen wollten.

Armand war, ungeachtet seiner Höchstleistungen vom Vorabend, schon früh am Morgen zwischen den beiden selig schlummernden Nackten erwacht. Wunderhübsch sahen sie aus, wie sie da lagen, mit gelösten Gliedern, samthäutig alle beide, die eine kernig und hell, die andere bronzefarben und füllig.

Armand hatte sich sanft aus beider Armen gelöst, hatte die Morgenmahlzeit beim Wirt bestellt, auch darauf gesehen, daß eine Kinderfrau die beiden Kleinen versorgte, und sich dann wieder zwischen den Schönen niedergelegt. Er wußte, was geschehen würde, wenn sie nach erquickendem Schlaf erwachten. Viel sanfter aber als in den wilden Exzessen des Vorabends war dann ihr Spiel zu dritt. Ganz gemächlich, noch schlafwarm, taten sie sich aneinander gütlich, mit ruhiger, liebevoller Selbstverständlichkeit. Doch auch die sanfte Lust erzeugte einen kräftigen Hunger, und dafür hatte Armand überreichlich vorgesorgt.

Den beiden Damen gingen die Augen über, als sie sahen, was aufgetischt war: ofenwarme Wecken, fast zu heiß zum Anfassen, Butter ganz frisch aus dem Butterfaß, erst am Morgen gemolkene Milch, gebeizter und geräucherter Bärenschinken, zerquetschte Walderdbeeren und Himbeeren mit Zucker, diverse Sorten Käse und dazu, eine Rarität, eine feine Meißner Porzellankanne mit

frisch aufgebrühtem Kaffee. Ein Frühstück zum Schwelgen also, und das taten sie auch, in aller Ruhe, denn nach diesem so reichlichen und späten Frühstück konnte ohne weiteres auf eine Mittagsrast verzichtet werden.
Als bald darauf Comte de Careilles dem Wirt die Golddukaten auf den Tisch zählte, blickte der ihn seltsam an – die Zimmermagd hatte ihm berichtet, daß im Quartier der fürstlichen Reisegruppe nur ein Bett benützt worden war. Er sagte allerdings nichts, und auch Armand, der den Blick wohl bemerkte und, wach wie er war, auch zutreffend deutete, verkniff sich leicht schmunzelnd jegliche Bemerkung.
Bald darauf setzte sich die Wagenkolonne der Reisegesellschaft in Bewegung. Die Fahrt führte nun zunächst nach Gotha, wo Isabella ein merkwürdiges Gebäude auffiel. Armand konnte es der Fürstin erklären. »Vielleicht hätten wir besser hier Quartier machen sollen«, meinte er, in gemächlichem Trab neben dem Landauer herreitend, denn in den Straßen der alten Stadt konnte man nur im Schrittempo fahren, »dann hätten wir dort vielleicht Ergötzliches sehen können – es ist dies das Schloßtheater, und soviel mir bekannt ist, ist es derzeit das einzige feste Theaterhaus, das es in deutschen Landen gibt.«
»Ach, wie schade, daß daran niemand gedacht hat«, meinte die Fürstin, »ich habe schon viel davon gehört, doch noch nie eine Theateraufführung gesehen!«
»Nun, Durchlaucht«, erwiderte der Unterhofmeister, »Ihr seid ja auch noch soo jung, Ihr werdet dieses Vergnügen gewiß noch erleben, ehe ihr zwanzig Lenze zählt.«
»Was mit mir sein wird, wenn ich zwanzig bin«, versetzte die Fürstin spöttisch, »das steht in den Sternen, ich jedenfalls ahne es nicht im entferntesten!«
Derweil hatten sie Gotha durchquert und trabten die huppelige Paßstraße zum Thüringer Wald hinauf. In Ohrdruf, kurz ehe es übers Gebirge ging, machten sie halt, der Zwillinge wegen. Zwar waren die Erwachsenen vom reichlichen Frühstück noch gesättigt,

doch die Kinder brauchten Milch und Brei. Da es eine Wirtschaft in der kleinen Glasbläserstadt nicht gab, hielt man vor einer der Glashütten an, vor dem Haus des Prinzipals, dessen Frau bereitwillig die Versorgung der Kinder übernahm.
Der Wald rings um den Ort war seltsam licht, stellenweise sogar ganz kahlgeschlagen. Fürstin Isabella, die nach dem Grund dafür fragte, erfuhr vom Prinzipal der Glashütte, daß für die Glasherstellung sehr viel Holz benötigt werde, nicht nur zum Beheizen der Schmelzöfen, sondern auch zum Herstellen von Pottasche, einem wichtigen Bestandteil der Glasschmelze.
Auf ihrem Weg die Paßstraße bergan wurde der Thüringer Wald wieder dichter, doch nachdem sie die Paßhöhe bei dem Flecken Oberhof passiert hatten, wurden die Lichtungen wieder häufiger. Hier sah man allerdings gleich, wo das Holz blieb: beiderseits des Weges qualmten erdbedeckte kleine Hügel, Holzkohlenmeiler, betreut von rußgeschwärzten Köhlern. Und talwärts in der Ferne hing gelblicher Rauch in der Luft, das waren die Eisenhütten von Zella St. Blasii und von Mehlis. Diese brauchten die Holzkohle der Köhler, um das Eisen zu erschmelzen und auch, um es zum Schmieden zu erhitzen. Auf dem Wege dorthin kamen sie an Schmalkalden vorbei, wo anno 1531 viele Fürsten und Städte einen Bund geschlossen hatten, um »die evangelische Sache zu verteidigen«.
Auch in diesem Städtchen quoll Rauch aus den Essen vieler kleiner Werkstätten, dazu ertönte der helle Klang vieler Hämmer – hier wurde das Eisen aus den benachbarten Hütten zu vielerlei Kleinzeug verarbeitet, wie Schlüssel, Reifenringe, Wagenbeschläge und dergleichen, während im benachbarten Suhl vor allem Waffen, Säbel, Schwerter, Dolche, aber auch Gewehre und Pistolen geschmiedet wurden.
Nachdem sie den rauchigen Industriebezirk am Südwesthang des Gebirges hinter sich gelassen hatte, führte die Straße hinunter ins liebliche Tal der Werra. Diesem folgend erreichten sie am späten Nachmittag die schöne alte Stadt Meiningen, wo der Herzog von

Sachsen-Meiningen die Fürstin und ihre Reisegesellschaft im Residenzschloß willkommen hieß.
Der Herzog war ein zarter, grauhaariger Herr, von erlesener Höflichkeit, die Herzogin eine fröhliche, mütterliche Frau, die sogleich die Fürstin Isabella und ihre beiden Kinder mit Beschlag belegte. Sie führte sie in ihre Gemächer, ließ für die Fürstin Tee und allerlei Gebäck servieren, für die Kinder heiße Schokolade und Süßigkeiten.
Isabella sprach die Herzogin sogleich als »liebe Base« an, was zwar nicht stimmte, es bestand keinerlei Verwandtschaft, doch der Älteren die Möglichkeit gab, die ranghöhere junge Fürstin statt mit Durchlaucht mit dem Vornamen anzureden.
»Ich habe ihn gekannt, Ihren verstorbenen Gatten, Isabella«, erzählte die Herzogin und fügte freimütig hinzu: »Als ich von der Hochzeit hörte, da habe ich mich gefragt, was wohl so ein alter Fürst mit einer so jungen Frau anfangen könnte. Aber nun sehe ich es ja«, sie deutete auf den kleinen Heinrich-Otto, »er ist seinem Vater wie aus dem Gesicht geschnitten. Er konnte also noch, der alte Blauenfelser!«
»O ja«, erwiderte Fürstin Isabella lebhaft, »er hat es mich wunderbar gelehrt. Deshalb macht mir auch meine Witwenschaft recht schwer zu schaffen.«
»Ach«, seufzte die Herzogin, »ich bin keine Witwe und hab' es trotzdem kaum besser.«
»Wie dieses?« wunderte sich Isabella. »Der Herzog...«
»...ist recht müde geworden«, vollendete die Herzogin Isabellas fragenden Halbsatz, »um's frei heraus zu sagen, er kriegt ihn kaum noch hoch, jedenfalls nicht, wenn er mit mir allein ist. Und dabei mag ich es doch so gern, und so unansehnlich bin ich ja auch noch nicht.«
»Ganz gewiß nicht«, stimmte Isabella zu, und das war ehrlich gemeint, denn die Herzogin glich in ihrer Art Isabellas Mutter, war wie diese eine stramme Mittfünfzigerin, die – so fand Isabella – einen Mann eigentlich durchaus noch reizen müßte. »Und was tut

Ihr nun, um nicht völlig auf die Freuden des Leibes verzichten zu müssen?«

Die Herzogin errötete ein wenig. »Der Herzog, er braucht halt schärfere Reize. Wenn er andere beim Copulieren sieht, zum Beispiel, dann regt sich bei ihm auch etwas.«

Diese Bekundung erregte natürlich Fürstin Isabellas Neugier. Unverdrossen fragte sie weiter: »Und wie erreicht Ihr solches?«

»Ach, ich mag es gar nicht sagen...«

»Aber warum denn nicht, liebe Base, erzählt nur frei heraus. Ihr braucht nicht zu sorgen, daß Ihr mich erschreckt. Zwar bin ich noch recht jung an Jahren, doch mein Heinrich-Otto, Gott hab ihn selig, hat dafür gesorgt, daß mir in dieser Sache fast nichts mehr fremd ist.«

»Nun denn, wenn Ihr es partout wissen wollt... Also, wir schikken von Zeit zu Zeit unseren Hofmedikus aus, uns käufliche junge Mädchen zu suchen, die hübsch und gesund sind. Natürlich muß man diese sehr, sehr gut entlohnen, schon der Verschwiegenheit wegen, und da wir nicht sehr reich sind, können wir uns solches leider nicht sehr oft leisten.«

Isabella nickte verständnisvoll. »Doch wenn Euer Gatte so gern zuschauen mag, braucht's doch auch Männer dazu!«

»Ach die«, lächelte die Herzogin, »die sind kein Problem. Wir haben genügend junge, starke Stallburschen, die es nur zu gern ihrer Herrschaft zuliebe mit den Dirnen treiben, zumal es sie nichts kostet und sie auch nicht die Lustseuche zu fürchten brauchen.«

»Na ja«, meinte da Isabella, »wenn Ihr vielleicht auch nur selten zur Lust kommt, dann aber doch wenigstens gründlich!«

»O ja«, räumte die Herzogin ein, »das stimmt schon. Doch wäre mir ein kräftiger Mann dreimal die Woche lieber. Übrigens, liebe Fürstin, ich habe mich Euch gleich seit Eurer Ankunft so intensiv gewidmet, weil ich mich für den Abend entschuldigen muß. Um ehrlich zu sein, grad heute sind neue Mädchen angekommen, die ersten seit einem halben Jahr, und da duldet mein Gatte, lahm wie er sonst auch sein mag, keinen Aufschub.«

»Aber, aber, liebe Base«, lächelte Isabella, freundlich, doch auch ziemlich bestimmt, »wollt Ihr mich von diesem Vergnügen etwa ausschließen?«
»Um Gottes willen, Durchlaucht«, die Herzogin gebrauchte vor Schreck die korrekte Anrede, »wir können doch Euch nicht in unsere Ferkeleien hineinziehen!«
»So?« Isabella legte in diese eine Silbe einigen Nachdruck. »Nun hört einmal, ich bin eine in diesem Punkt arg benachteiligte Witwe! Warum sollte ich, da ich nun einmal hier bin, nicht an Eurem Vergnügen teilhaben? Ich bin sicher, es wird Euren Gatten auch reizen, einer leibhaftigen Fürstin beim lustvollen Tun zuzusehen!«
»Das will ich keineswegs bezweifeln«, erwiderte die Herzogin, »und wenn ich's recht bedenke, da es ja Euer Wunsch ist, nun, dann seid also herzlich eingeladen. Wir verbinden das stets mit einem schönen Abendessen. So will ich Euch denn Euer Quartier zeigen, dort werde ich Euch später abholen. Und kleidet Euch leicht, das ist recht hilfreich.«

4. Kapitel

Fürstin Isabella überlegte, nachdem sie in ihrem Quartier war, eine Weile, ob sie Armand und Mariella sagen sollte, was der Abend bringen würde, ob sie die beiden mitnehmen sollte – und entschied sich dann dagegen. Die beiden sollten sich lieber ungestört miteinander amüsieren. So sagte sie ihrer Begleitung nur, daß sie den Abend mit den herzoglichen Gastgebern verbringen und diesen zu Ehren auf ihre Trauerkleidung verzichten wolle; Mariella solle ein Festgewand mit reichlichem Dekolleté heraussuchen.

»Oh, wie hübsch«, rief dann die Herzogin spontan, als sie kam, um die Fürstin abzuholen und Isabellas ansichtig wurde. In der Tat sah die Fürstin, die ihr zuvor streng eingebundenes Haar gelöst hatte, so daß es nun in reichen Wellen über ihre bloßen Schultern fiel, überaus liebreizend aus.

Doch auch die Herzogin war, für ihr Alter, sehr gut anzuschauen. Ein geschickt geschnittenes Brokatmieder brachte ihre mächtigen und gleichwohl noch recht festen Brüste voll zur Geltung. »Kommen Sie, liebste Isabella«, rief sie, »es ist schon angerichtet.« Resolut hakte die Herzogin die junge Fürstin unter und führte sie durch lange Gänge und über breite Treppen zu dem Saal, in dem der Herzog und die »Gäste« schon versammelt waren.

Der Raum war nicht besonders groß, bekam allerdings durch die vielen großen Spiegel an den Wänden optisch zusätzliche Weite. In der Mitte stand eine flache, längliche Tafel, bedeckt mit vielfältigen Köstlichkeiten, eß- und trinkbaren, versteht sich. Rings um diese Tafel standen Liegen, jeweils mit einem schmalen Ende der

Tafel zugewandt, so daß man darauf sowohl bequem sitzend von der Tafel speisen als auch zu anderen Zwecken sich langstrecken konnte.

Von der einen Breitseite der Tafel erhob sich, als die Fürstin und die Herzogin eintraten, der Herzog, begrüßte Isabella mit einem chevaleresken Handkuß und geleitete sie dann zu der Liege links neben der seinen, während die Herzogin rechts neben ihrem Gemahl Platz nahm.

Aufmerksam betrachtete Fürstin Isabella die übrigen Gäste. Es waren, wie Isabella rasch nachzählte, fünf Stallburschen und vier Mädchen. Die Stallburschen, von denen zwei an den Schmalseiten der Tafel saßen, waren allesamt frische Kerle, denen man die Vorfreude deutlich ansehen konnte.

Die vier Mädchen, teils etwas verlegen kichernd, teils mit ihren männlichen Nachbarn tuschelnd, saßen alle dem Herzogpaar gegenüber. Sie waren recht unterschiedlich: eine kräftige Flachsblonde, wohl aus den Niederlanden, eine zarte Südländerin mit schwarzen Haaren und dunklen Glutaugen, eine rothaarige und grünäugige Walküre, die aus dem fernen Irland stammen mochte, und eine wulstlippige, gleichwohl schöne kaffeebraune Negerin.

Wo der herzoglich Sachsen-Meiningensche Hofmedicus die wohl aufgetrieben haben mag, ging es Isabella durch den Kopf. Immerhin, sie sahen alle nett und frisch aus. Gekleidet waren sie erstaunlich sittsam, doch das, dessen war sich Isabella sicher, würde sich wohl bald ändern.

Zunächst einmal bat der Herzog freilich zuzugreifen, und damit waren nicht die Mädchen gemeint, sondern das, was auf der Tafel angerichtet war. Das waren überwiegend scharfe Sachen und Soßen, Austern, Kaviar, viel Getrüffeltes, Sellerie, Spargel, kurz, alle die Speisen, die seit alters her für die Liebesglut förderlich galten und überdies wohlschmeckend waren. Alle griffen denn auch herzhaft zu.

Nach einer Weile forderte der Herzog alle Anwesenden auf, sich der ledernen Würfelbecher zu bedienen, die an jedem Platz bereitstanden. Die drei Personen mit der geringsten Augenzahl hatten sodann ein Kleidungsstück abzulegen. Fürstin Isabella war auf Anhieb dabei, sie erreichte mit den zwei Würfeln im Becher ganze drei Augen.

Entschlossen legte sie ihr Mieder ab und gab ihre schönen, festen Brüste den allgemeinen Blicken frei. Ebenso hielt es das Isabella gegenübersitzende Mädchen, die glutäugige Südländerin. Sie hatte nicht sehr große, aber erstaunlich spitze, vorwärtsstrebende Brüste, deren Brustwarzen violett geschminkt waren.

Als dritter war einer der Stallburschen entkleidungspflichtig. Er kannte natürlich das Spiel, und so entledigte sich der athletische junge Mann nicht etwa seines Wamses, sondern seines Beinkleides. Und da er, wie im Sommer üblich, nichts darunter trug, kam sogleich etwas zum Vorschein, was die Mädchen zu fröhlichen Beifallskundgebungen animierte: ein bereits erwartungsfroh emporstehender Phallus.

Derweil wurde weiter getafelt. Nach der nächsten Würfelrunde wurden die mächtigen Brüste der Herzogin aus der Verhüllung befreit, die Südländerin entledigte sich ihres Rockes und war nun ganz nackt; sie war, jeder sah es nun, rasiert, hatte keine Schamhaare, hellrot und einladend leuchtete ihre Lustgrotte zwischen den leicht geöffneten Schenkeln.

Dem Burschen neben ihr, es war der, dessen Liebesknochen sich schon im Freien regte, fielen fast die Augen aus dem Kopf. Isabella wunderte sich, daß er sich zurückzuhalten vermochte, doch es schienen da feste Spielregeln zu herrschen. Auch waren wohl die Würfel nicht überall dieselben, jedenfalls fiel es Isabella auf, daß der Herzog stets sehr viele Augen warf, so daß er nach zwei weitern Würfen der einzige war, der noch vollständig bekleidet war. Nach noch zwei Würfen waren schließlich alle bis auf den Herzog nackt, der die Augen wohlgefällig über die Mädchenkörper streifen ließ und dann in die Hände klatschte.

Das war das Signal. Die Burschen ließen sich rücklings auf die Liegen sinken, und die Mädchen stiegen auf, zwei mit dem Gesicht zum Partner, so daß man deren Schwengel zwischen den Gesäßbacken auf und nieder gleiten sah, die beiden anderen andersherum, so daß das Herzogpaar und Isabella sie bei ihrem Ritt von vorne sahen.

Isabella blickte sich suchend um. Richtig, der Bursche am rechten Kopfende war noch unbeschäftigt. Sie zögerte nicht – mit zwei Schritten war sie bei ihm, dann über ihm, griff sich seinen Stab, dirigierte ihn an die richtige Stelle und ließ sich genüßlich darauf nieder. Auch sie hatte die Reitstellung mit dem Rücken zum Gesicht des Partners gewählt, weil sie neben dem eigenen Vergnügen auch den Blick freihaben wollte auf das, was das Herzogpaar treiben würde.

Der Herzog tätschelte die Brüste der Herzogin, wobei er gebannt auf das heftige Treiben der anderen blickte, während die Herzogin eine Hand auf seinem Hosenlatz liegen hatte. Dort mußte sie nun wohl etwas gespürt haben, denn sie kniete vor ihrem Gatten nieder und schälte ihn aus der Hose. Und siehe da, der eher schmächtige Herzog hatte ein überaus stattliches Glied vorzuweisen, das die Herzogin sogleich zwischen ihre Brüste bettete, es sodann liebevoll belutschte, wobei es sichtlich noch an Größe gewann.

Da sie um etliches schwerer war als der Herzog, wählte die Herzogin nicht, wie zunächst alle anderen, eine Reitstellung, sondern kniete sich auf die Liege und reckte ihren mächtigen Hintern hoch, so daß der Herzog bequem von hinten in sie hineinrammen konnte, was dieser auch mit großem Eifer tat, zum beiderseitigen Vergnügen.

Fürstin Isabella freute sich für die Herzogin über den so sehr ersehnten Erfolg der Veranstaltung und widmete sich intensiv dem kräftigen Burschen, mit dem sie es zu tun hatte. Der war von erstaunlicher Ausdauer, ging bereitwillig auf Isabellas Wünsche für Stellungsänderungen ein und jagte sie durch eine ganze Serie rasch aufeinanderfolgender Höhepunkte, bis die Fürstin schließlich ermattet keuchte: »Nun laß Er es erst einmal gut sein, ich brauche eine Pause.«

Isabella legte sich bequem auf ihrer Liege zurück, ein Glas Wein in der Hand, und besah sich das lustvolle Getümmel. Der Herzog steckte noch immer in der glücklich stöhnenden Herzogin, er muß wohl, überlegte Isabella, in den von der Herzogin beklagten langen Phasen der Lustlosigkeit seine Kraft gewissermaßen gespeichert haben.

Die anderen Beteiligten hatten längst mit einem lebhaften »Bäumchen wechsle dich« begonnen, was anfangs vor allem von den Burschen ausging, die natürlich bestrebt waren, es mit einer jeden der vier so unterschiedlichen Schönen zu treiben. Doch auch die Mädchen taten weit mehr, als ihre berufliche Pflicht gewesen wäre, sie waren allesamt mit wilder Lust bei der Sache.

Besonders die Rothaarige mit den grünen Augen, deren Schamwolle ebenfalls feuerrot leuchtete, bemächtigte sich mit wahrer Besessenheit jedes freiwerdenden Schwanzes, brachte ihn, falls er schlaff war, mit Mund und Hand in die Höhe und verleibte ihn sich ein. Die Südländerin, etwas träger, ließ sich gerade von einem der Burschen belecken, während die schöne Negerin zwei reizvoll zu ihrer kaffeebraunen Haut kontrastierende weiße Stangen in sich hatte, eine zwischen den wulstigen Lippen, die andere von hinten, zwischen den festen, schwarzen Halbkugeln ihres Hinterns.

Isabella, obwohl von dem ersten Dauerakt noch ziemlich mitgenommen, wurde bei diesem Anblick dennoch wieder hitzig. Unwillkürlich glitten ihre Beine auseinander und ihre Hand dazwischen. Dies bemerkte einer der Burschen. Zwar war sein Gemächte schlapp, doch Isabellas feines Döschen schien ihm so reizvoll, daß er die Fürstin artig fragte, ob er sie wohl mit seiner Zunge verwöhnen dürfe.

Isabella antwortete, indem sie ihre Beine weit auseinandertat. Sofort versenkte der Bursche seinen Kopf dazwischen, griff mit beiden Armen – um Isabellas Schenkel herum – nach oben und massierte ihre Brüste, wobei er sehr geschickt seine Daumen im Gleichtakt über die steil aufragenden Brustwarzen hin- und herschnellen ließ. Auch unten bewies er mit Lippen und Zunge, daß er sich vorzüglich auskannte, so daß Isabella schnell in Verzükkung geriet, beide Hände in seinen wuscheligen Haarschopf krallte und mit den Fersen auf den muskulösen Schultern herumtrommelte.

Dazu stieß sie, je länger, je lauter, wilde Laute aus – sie röhrte, stöhnte, brüllte ihr Wonnelustvergnügen völlig ungehemmt heraus, so daß die anderen, obwohl selbst nicht unbeschäftigt, zu der lusttobenden Fürstin herüberschauten. Mit einem letzten »Ooooh – aah – ooh – aaah« ließ sie den Kopf des Burschen los, schüttelte sich und ließ sich satt, wohlig, zufrieden zurückfallen.

Sie wollte auch ihre Beine ausstrecken, doch da hatte sie nicht an den Burschen gedacht. Denn dem war, was Wunder, während er diese Frau so wunderbar hochgetrieben hatte, der Schlappschwanz wieder zum steifen Riemen gewachsen, der nun eigene Wünsche hatte.

Isabella wollte eigentlich nicht mehr, sie war noch ganz von der ungeheuren Wonne dieses letzten Aktes benommen; doch der Bursche war nicht zu halten. Ehe die Fürstin sich's versah, lag er über ihr und schob sein langes, strammes Ding tief in ihre klitschnasse Spalte.

Da konnte Isabella dann auch nicht anders, als ihre Beine um ihn zu schlingen und sich seinen wuchtigen Stößen ebenso heftig entgegenzuschleudern – sie war eben eine gesunde junge Frau, deren körperliche Reaktionen genauso abliefen, wie es die Natur nun einmal eingerichtet hat.

Und als der Junge auf ihr – vielleicht weil er sich zuvor zu sehr verausgabt hatte – nachzulassen schien, da schlug sie ihre Fingernägel rhythmisch seitwärts in seine Lenden und feuerte ihn an: »Weiter, Bursche, mach zu, gib's mir, nicht aufhören, weiter, ach, ja, so ist's gut, weiter, weiter ...«

Der tat, schwitzend, stöhnend und vergnügt, wie ihm geheißen, glücklich, auch in dieser vornehmen Dame eine Frau unter sich zu haben, die es wirklich mochte, und wie! Sie waren sehr zufrieden

miteinander, die Fürstin und der Stallbursche, als sie schließlich, nach Luft ringend und kaum noch ihrer Sinne mächtig, zum schönen Ende gekommen waren.
Isabella war hernach ein wenig traurig, daß dies nur ein einmaliges Erlebnis sein würde, und sie überlegte sogar, ob sie versuchen solle, dem Herzog diesen Stallburschen abzuschwatzen und ihn mit nach Katzenstein zu nehmen, doch verwarf sie diesen Gedanken wieder. Zwar waren ihre Eltern sehr tolerant, doch war zu bezweifeln, ob sie dulden würden, daß ihre fürstliche Tochter sich einen Stallburschen als Liebhaber hielt.

5. Kapitel

Mit Rücksicht auf die Anstrengungen der Nacht legte sich Fürstin Isabella, nachdem sie schon am frühen Morgen ihre Kinder versorgt hatte, noch einmal ins Bett und stellte dies auch Mariella und Armand anheim – wofür die beiden dankbar waren, denn auch sie waren bis spät in die Nacht der schönsten Beschäftigung der Welt nachgegangen.

Am Mittag waren sich Isabella und ihr Unterhofmeister Armand einig, daß es nicht lohnen würde, wegen einer halben Tagesreise anzuspannen, und daß es günstiger sei, erst am nächsten Morgen weiterzureisen.

Den Nachmittag benutzten sie, um sich Meiningen anzusehen, die alte, schon im Jahre 1100 erbaute Burg mit ihrem neuen, gewaltigen doppelten Mauerring, die merkwürdig geformte gotische Stadtkirche St. Marien, genauso alt wie die Burg, und das frühere Franziskanerkloster, in dem nun ein Hospital und ein Lehrerseminar untergebracht waren.

Anderntags fuhren sie weiter. Ihr Weg führte nun durch die Grabfeld genannte, fruchtbare Landschaft zwischen dem dunklen Rhöngebirge und den lichteren, mit Eichen bewaldeten Haßbergen, folgte dann eine Weile dem Tal der fränkischen Saale, wobei sie die große Salzburg, auf dem Hang oberhalb von Neustadt gelegen, im Vorbeifahren sahen, die dem Schutze des kostbaren Salzes diente, das nahebei aus sprudelnden Quellen gewonnen wurde. Gegen Abend erreichten sie dann die alte Reichtsstadt Schweinfurt, wo sie im Gasthof *Zum Ochsen*, unweit des wunderschönen alten Rathauses, nächtigten.

Isabella zog es nun mit Macht nach Hause, und so ließ sie schon in aller Frühe anspannen. In schneller Fahrt rollten die Wagen über die Hochebene südwärts, wobei von Zeit zu Zeit ein Blick auf das Maintal mit seinen Weinbergen frei wurde. Sie fuhren vorbei an der mächtigen Festung Marienberg zu Würzburg, wo ehedem Kaiser Friedrich Barbarossa die schöne Adelheid von Vohburg geheiratet hatte, und erreichten bei Tauberbischofsheim das Tal der Tauber. Welchen Bischofs Heim der Ort wohl sei oder gewesen sei, fragte Isabella dort Armand. Der wußte es auch nicht und fragte seinerseits einen Bürger, der beschaulich auf der Bank vor seinem Haus in der Sonne saß.
So erfuhren sie, daß der heilige Bonifatius von hier aus einige Jahre lang Franken und Hessen missioniert hatte, ehe ihn später, Anno 754, hoch im Norden Deutschlands, die heidnischen Friesen erschlugen.
Dann folgte die Straße einige Zeit dem Tal der Tauber, bis Mergentheim, in dessen Straßen sie würdige Gestalten in langen, schneeweißen Mänteln mit einem großen schwarzen Kreuz sahen – Ritter des Deutschen Ordens, dessen Hochmeister, seit der Orden aus Preußen vertrieben worden war, im Mergentheimer Ordensschloß residierten. Von dort waren es nur mehr zwei Meilen, also etwas mehr als anderthalb Fahrstunden, bis nach Krautheim im Tale der Jagst, von wo aus es nur noch ein Katzensprung war zu Isabellas Elternhaus, das idyllisch hoch am Nordhang des Jagsttales lag.

Graf Maximilian und Gräfin Walburga von Katzenstein-Waldheim genossen eben auf der großen Terrasse vor ihrem Schloß die milde warme Abendsonne, als eine Staubwolke auf der weithin einsehbaren Auffahrt zum Schloß die Ankunft einer Wagenkolonne meldete.
»Wer mag das nur so spät noch sein, Walburga?« wunderte sich Graf Maximilian.
Gräfin Walburga, die überaus scharfe Augen hatte, brauchte nicht

lange, bis sie einen einzelnen Reiter ausmachte, der sich aus der Staubwolke löste und voraussprengte. Und dann sah sie einen leuchtend blauen Fleck auf der Satteldecke. »Blauenfelser sind's, Maximilian!« rief sie aufgeregt. »Das kann nur Isabella sein!« Sie sprangen beide auf und eilten die Freitreppe zur Auffahrt hinunter.

Von dort erkannte Gräfin Walburga auch schon, wer der Reiter war: »Der Comte de Careilles ist's!« – Sie kannten ihn ja, hatte er doch vor Isabellas Hochzeit einige Zeit auf Schloß Katzenstein verbracht. Da war er auch schon heran und sprang vom Pferd.

»Seid mir gegrüßt, Comte Armand!« dröhnte Graf Maximilians sonorer Baß. »Bringt Ihr uns unsere Tochter zurück?«

»So ist es«, erwiderte Armand, »und nicht nur sie, auch Eure Enkel sind dabei!« Da strahlte Gräfin Walburga. Wenig später waren die Wagen heran, und alle fielen sich in die Arme. Unaufgefordert kümmerten sich Armand und Mariella um das Gepäck, die Unterbringung der Begleitung und um die Pferde.

Als stolze Großeltern schaukelten derweil auf der Terrasse Graf Maximilian und Gräfin Walburga je ein Enkelkind auf den Knien, während Fürstin Isabella ihren Eltern erklärte, warum ihr das Leben in Blauenfels nicht mehr behage und daß sie fürs erste in Katzenstein zu bleiben gedenke.

Das freute die Eltern sehr. Etwas verblüfft waren sie freilich, als Isabella meinte, man werde den rechten Flügel des Schlößchens, in dem sie, wie früher, wohnen wolle, bald ein wenig umbauen müssen.

»Warum denn das?« erkundigte sich Graf Maximilian.

»Ach, weißt du, Papa, ich habe mir in Blauenfels so einiges angewöhnt, was ich hier nicht missen möchte. Eine große Badestube zum Beispiel, mit einem Dauerbrandherd für immer warmes Wasser. Dann brauche ich einen größeren Raum für mein Bett, auch ein schönes Boudoir für Mariella, meine Zofe – da werden wir einige Wände durchbrechen müssen, aber Platz ist ja genug da.«

»Um Gottes willen, Kind«, der alte Graf war entsetzt, »wer soll denn das bezahlen?!«
Da lachte Isabella hellauf. »Hast du vergessen, Papa, daß ich die Fürstin Blauenfels bin, Heinrich-Ottos Alleinerbin? Natürlich darf und will ich das Erbe nicht verschleudern, muß es für den Rotschopf da auf deinem Schoß bewahren, aber glaub mir, ich habe so stattliche Einnahmen – Armand mag's dir im einzelnen erklären –, daß ich mir so gut wie alles leisten kann, ohne meinen Reichtum zu mindern.«
»Kind, werd nicht übermütig!« mahnte der Vater, und wieder lachte Isabella. »Keine Sorge, Papa, ich bin deine Tochter, ich weiß das Meine zusammenzuhalten, oder genauer, das macht Armand für mich. Jedenfalls habe ich im doppelten Boden der einen Kutsche genug Golddukaten mitgebracht, um die paar Kleinigkeiten leicht zahlen zu können.«

Schon nach wenigen Tagen hatte sich Isabella wieder in Katzenstein eingelebt. Noch war der Alltag etwas improvisiert, weil in ihrem Wohnquartier die Handwerker emsig arbeiteten, doch der prächtige Sommer machte das Leben recht unbeschwerlich. Von ihren Kindern sah Isabella schon am zweiten Tage nicht mehr sehr viel: Walburga hatte sie sogleich vereinnahmt, und da die Großmutter sie verwöhnte, war es den beiden Kleinen durchaus recht. Sie stellten sich sogleich darauf ein.
So konnte die junge Fürstin ungestört einer alten Leidenschaft nachgehen: dem Reiten. Sie hatte sich noch in Blauenfels, weil es da die besseren Kürschner gab, drei gleiche Reitkostüme machen lassen, aus tiefdunkelbraunem, fast schwarzem Wildsauleder, stoffdünn gespalten und samtweich gebeizt. Und nicht etwa Röcke, sondern, da Isabella nie anders als im Herrensattel ritt, ihrem Körper glatt angeschmiegte Hosen samt genauso perfekt sitzenden Jacken, die reich bestickt waren.
Bald war sie im Katzenstein-Waldheimschen Ländle als die »Schwarze Fürstin« bekannt und beliebt, denn sie zögerte nicht,

wenn sie auf ihrer lebhaften Rappstute irgendwo Armut sah, für einen freundlich dargebotenen Trunk klaren Wassers einen Dukaten aus der Tasche der schwarzen Hose zu ziehen.
Es fiel ihr schwer, den Comte de Careilles wieder nach Blauenfels zurückkehren zu lassen. Doch das war unvermeidlich, war er doch der Verwalter ihrer Blauenfelser Besitzungen, Manufaktureien, Güter, Ziegeleien und was da sonst noch war.
Auch Mariella trauerte dem Comte nach, war sie doch schon lange seine Geliebte. Aber da half nichts, es mußte sein.
Doch einen Tag, ehe Comte de Careilles mit den Berittenen und den Kutschen, außer dem eleganten Landauer, nach Blauenfels zurückkehren sollte, um dort sein Verwaltungsamt wieder zu übernehmen, hatte Isabella sich etwas ausgedacht: »Kommt, ihr beiden«, sagte sie nach dem Mittagsmahl, »ich zeige euch mal was Hübsches!«
Isabella führte Armand und Mariella auf die Terrasse vor dem Schloß.
»Was sollen wir denn hier, Isabella?« fragte Mariella, die inzwischen die Fürstin so anreden durfte.
»Wart nur«, sagte Isabella, »kommt mit!« Und sie führte die beiden zum Wirtschaftsgebäude hinter dem Schloß, das zwar renoviert worden war, aber immer noch so aussah, wie Isabella es in Erinnerung hatte. Und der alte Aufgang zum Heuboden war auch noch da. »Kommt hier hinauf!« forderte Isabella auf.
Armand und Mariella stolperten hinter Isabella her die steile, knarrende Treppe zum Heuboden hinauf, nicht ahnend, was das sollte.
»Hier«, sagte die Fürstin, »setzt euch auf die Säcke und schaut durch die breiten Ritzen dort in die Futterkammer da unten – ihr werdet Spaß dran haben! Hier habe ich zum erstenmal gesehen, wie man es macht!«
Alle drei ließen sich auf Hafersäcken nieder und richteten ihren Blick durch Bretterspalten nach unten, in die Futterkammer. Sie brauchten nicht lange zu warten. Isabella kicherte leise vor sich

hin. Es hatte sich nichts geändert, obwohl zwei Jahre vergangen waren. Eine Kuhmagd schlüpfte in die Futterkammer, Herr von Treskow, der Verwalter, kam hinterher, öffnete im Hereintreten schon seinen Hosenlatz, während die Magd sich niederbeugte, die Röcke hochschlug und dem Verwalter ihren blanken Hintern darbot. Und genau wie vor zwei Jahren, als Isabella zum erstenmal vom Heuboden dem zugesehen hatte, rammte der Verwalter sofort sein unverändert mächtiges Glied in die Magd, die freilich eine andere war als die, der Isabella vor zwei Jahren zugeschaut hatte.

Ein Unterschied war es dennoch nicht: Genau wie damals stöhnte die Magd ungeheuer zufrieden. Es war ganz offensichtlich, daß nicht etwa der Verwalter seine Machtposition ausnützte, um sich die Mädchen gefügig zu machen, sondern daß die Mädchen gierig darauf waren, von dem virilen Verwalter besprungen zu werden.

Der war weiter bei der Sache: Es kam eine neue Magd, die sich von dem Verwalter ohne alle Vorbereitung stoßen ließ, aber ohne selbst etwas zu tun. Und dann hielt Isabella den Atem an. Unten in der Futterkammer erschien ihre Mutter. Sie zögerte keine Sekunde, blitzschnell entblößte sie ihre untere Hälfte, ließ sich auf einen Futtersack fallen, spreizte einladend die fleischigen Schenkel, und, wie offenbar nicht zum erstenmal, stürzte sich der Verwalter in sie, die das mit lautem Wonnegestöhn quittierte.

Isabella schmunzelte. Wenn die Mutter die Dienste des Herrn von Treskow in Anspruch nahm, vermutlich weil der Papa nicht mehr genug hergab, so überlegte die junge Fürstin, dann konnte sie jedenfalls ihr, Isabella, keine moralischen Vorhaltungen machen, falls...

Der Comte de Careilles atmete gepreßt. »Himmel noch mal«, murmelte er. »Hol ihn doch endlich raus«, flüsterte Mariella. Armand tat's, und Mariella beugte sich nieder, um ihm mit den Lippen Erleichterung zu verschaffen.

Normalerweise hätte sich Fürstin Isabella an dem, was da gerade begann, mit Eifer beteiligt. Doch weil es wohl für längere Zeit das letzte Mal war, daß Mariella und Armand sich haben konnten, hielt sie es für richtiger, die beiden allein zu lassen, ungeachtet ihrer eigenen heftigen Erregung. Auch schien es ihr besser, wenn die Mutter sie, von ihrer Eskapade zurückkehrend, im Schlosse vorfinden würde und nicht auf die Idee kommen könnte, daß sie beobachtet worden war. Denn Isabella war ihr herzlich zugetan; ohne zwingenden Grund wollte sie die Mutter keinesfalls mit diesem Wissen konfrontieren.

6. Kapitel

Die Laubwälder und Weinrebstöcke auf den Hängen des Jagsttales prangten in leuchtenden Herbstfarben, rot, gelb, golden; die feinen Fäden des Altweibersommers segelten gemächlich durch die linde Luft; hoch über den Wipfeln sammelten sich Schwärme von Schwalben und anderen Vögeln, auch kleine Gruppen majestätischer Schwarzstörche, zum Flug in südliche Gefilde. Weit hallten die fröhlichen Rufe der Winzer und der Singsang ihrer Mägde, die bei der Traubenlese waren.

Fürstin Isabella saß auf einem Baumstumpf am Waldrand, ganz oben am Talhang, blickte versonnen über das herbstlich schöne Panorama, das sich ihren Augen darbot. Nur einige Schritte neben ihr graste Leila, ihre schöne Rappstute, nicht angebunden – sie entfernte sich, wenn Isabella bei ihren Ausritten eine Pause machte, niemals weit.

Doch jetzt hob die Stute den Kopf, schnaubte ein wenig und sog dann witternd die Luft durch die geblähten Nüstern.

»Was ist denn, Leila?« fragte Isabella. Die Stute scharrte mit einem Vorderhuf, hob und senkte unruhig den Kopf.

Isabella stand auf. »Du willst mir wohl sagen, daß da wer kommt!« meinte sie und zog vorsichtshalber das Terzerol aus dem Hosenbund ihres braunschwarzen Reitkostüms. Die kleine Flintschloßpistole hatte früher ihrem Gatten gehört. Sie trug sie stets bei sich, wenn sie allein ausritt.

Leises Getrappel zeigte an, daß sich auf dem Pfad am Waldrain ein Reiter näherte. Isabella zog die Stute hinter ein dichtes Haselgebüsch etwas abseits vom Wege.

Ganz langsam, in gemächlichem Schrittempo, kam ein großes braunes Roß heran, ein mächtiges Tier. Auch der Reiter war, das sah Isabella schon aus einiger Entfernung, von beträchtlicher Größe, und außer ihm hatte der Braune auch noch zwei umfängliche lederne Packtaschen zu schleppen – da brauchte es schon ein schweres Pferd.

Isabella war, als Roß und Reiter näherkamen, gelassener geworden, hatte auch das Terzerol, wenngleich noch schußbereit, sinken lassen. Denn sie sah, dies war kein Räuber, sondern ein Herr.

Er hatte offenbar sehr scharfe Augen, denn als er auf der Höhe des Haselgebüschs angelangt war, parierte er seinen Gaul, riß aus dem Sattelhalfter eine Kurzbüchse, richtete sie auf den Haselbusch und rief: »Heraus dort, wer sich verbirgt, oder...«

Isabella aber hatte dies rechtzeitig erkannt, war unter dem Gebüsch blitzschnell hindurchgetaucht, stand unversehens auf der anderen Seite und zielte mit dem Terzerol auf die Herzgegend des Mannes: »Nehmt die Waffe runter!« blaffte sie. »Ihr seid auf meinem Land!«

Der Mann ließ die Kurzbüchse sinken. »Bitte«, sagte er ruhig, »doch nehmt Euer Schießding auch weg – ich habe nicht die mindeste Lust, so früh von der Hand einer schönen jungen Frau zu sterben.«

Isabella ließ sich nicht beirren. »Die Büchse ins Halfter und abgestiegen!« kommandierte sie.

»Très bon«, murmelte der Mann, stieß den Stutzen ins Halfter und schwang sich vom Roß. Er war sicher gut sechseinhalb Fuß groß, überragte also Isabella um mehr als Haupteslänge. Er trug bequeme Stulpenstiefel aus weichem hellbraunen Leder, ein ebenfalls ledernes, etwas dunkleres Beinkleid, darüber einen soldatisch geschnittenen Rock aus offensichtlich sehr feinem, blaßrotem Wollstoff, der sehr dezent mit Paspelierungen aus Goldbrokat verziert war; aus den Revers leuchtete blütenweiß der kunstvoll gefältelte Kragen eines seidenen Hemdes. Zum Weiß der Seide kontrastierte die dunkle, wetterbraune Hautfarbe des Mannes, dessen kräftiges, kantiges, an einen Raubvogel gemahnendes Gesicht kräftige Falten durchkerbten und das dennoch nicht alt wirkte. Unter einem dichten, wuscheligen Haarschopf und ebensolchen Augenbrauen leuchteten zwei unwahrscheinlich hellblaue Augen, die Isabella mit ruhiger Aufmerksamkeit musterten.

»Soso«, sagte er dann, und das scharf gesprochene S machte ebenso wie sein »très bon« für Isabella klar, daß sie einen Franzosen vor sich hatte, »Ihr sagt also, dies sei Euer Land. Dann müßtet Ihr, falls ich mich nicht total verirrt habe, was ich keinesfalls annehme, der Graf Maximilian von Katzenstein-Waldheim sein, doch«, und ein ironisches Lächeln überzog sein kantiges Gesicht, »das kann ich ganz und gar nicht glauben!«

Da mußte auch Isabella lachen. »Nein«, sagte sie und steckte das Terzerol in den Hosenbund, »der Graf Maximilian bin ich nicht, das ist mein Vater, ich hätte besser unser Land sagen sollen...«

»Aha«, der Franzose schien erfreut, »dann seid Ihr also eine Comtessa...«

»Nein«, fiel ihm Isabella ins Wort, »das war ich bis vor zwei Jahren. Ich bin die Fürstin Isabella von Blauenfels zu Blauenfels, Roßbach, Krossen und so weiter.«

»Parbleu, eine Fürstin!« Der große Franzose beugte ein Knie, ergriff Isabellas rechte Hand, deutete einen Kuß darauf an. »Euer Durchlaucht ergebenster Diener«, sagte er, erhob sich wieder, zog aus der Stulpe seines linken Rockärmels ein gefaltetes Papier und reichte es Isabella. »Bitte, Durchlaucht, lest!«

Isabella nahm den Bogen, entfaltete ihn und las mit ihrer wohlklingenden, etwas dunklen Stimme halblaut vor: »Lieber Papa, liebe Mama, hiermit empfehlen wir Euch...« Isabella unterbrach, blickte erst einmal unten auf das Blatt. »Ah, von meinen Brüdern!« rief sie dann erfreut und las weiter: »... empfehlen wir Euch den ehrenwerten und hochwohlgeborenen Generalwachtmeister Alexandre de Bonneville, unter welchselben vortrefflichen Kommandos wir etliche Battaillen hier in der Toskana glücklich gewonnen und heil überstanden haben. Da der Marquis nun sich auf den Weg nach den Niederlanden zu seinem neuen Regimente macht, rieten wir ihm, bei Euch Station zu machen und Grüße zu überbringen von Euren dankbaren und gesunden Söhnen...«

»Es geht ihnen also gut, meinen Brüdern«, rief Isabella erfreut und reichte dem Marquis das Blatt zurück, »diese Nachricht wird den Eltern sehr willkommen sein! Nun denn, Marquis, entschuldigt schon den etwas harschen Empfang, sitzt auf, ich will Euch nach Katzenstein geleiten!«

Die Fürstin steckte zwei Finger in den lieblichen Mund und ließ einen schrillen Pfiff ertönen, worauf die Rappstute Leila, die bis dahin völlig reglos gestanden hatte, hinter dem Haselbusch hervorkam. Isabella schwang sich hinauf. »Auf geht's, Marquis, ein gutes Stündchen haben wir zu reiten!« Isabella schlug mit Leila nur einen mäßigen Trab an, mit Rücksicht auf das in jeder Hinsicht schwer beladene Pferd des Marquis, aber auch, weil ihre Gedanken rasten und weil sie sich bei schärferem Tempo zu sehr aufs Reiten hätte konzentrieren müssen.

Das war ein Mann, oh! Isabella war es schon ganz anders geworden, als er vom Pferd gestiegen war und sie mit seinen hellblauen Augen fixiert hatte. Aber, Isabella registrierte bei sich selbst ganz unbekannte Reaktionen, das durfte er nicht merken, auf gar keinen Fall.

Dem Marquis de Bonneville, der hinter ihr herritt, ging es nicht anders. Die hauteng in bräunlich-schwarzes Wildleder gekleidete Gestalt, die da vor ihm auf einer köstlichen Rappstute herritt, sehr sicher, selbstbewußt – welch eine Frau! Mon dieu, dachte er, ich hätte nicht auf die Waldheimbuben hören und meinen Weg über diese abgelegene Gegend nehmen sollen! Diese junge Fürstin... ha, wo hat denn die eigentlich ihren Fürsten? Das muß ich... Marquis de Bonneville trieb seinen riesigen Wallach etwas mehr an und schloß zu der Fürstin auf. »Sagt, Durchlaucht, werde ich denn auch das Vergnügen haben, in Katzenstein außer Euren Eltern auch Euren Gatten, den Fürsten Blauenfels, zu begrüßen?«

»Da ich weiß, daß Ihr lange in Italien wart, kann ich Euch die Frage nicht verdenken«, erwiderte Isabella, »doch der Fürst Blauenfels, mein Gatte, ist vor Jahresfrist gestorben, im gesegneten Alter von einundsiebzig Jahren, ich bin also Witfrau, freilich, weil es keine anderen Erben gab, auch die regierende Fürstin!«
Schweigend ritt der Marquis, knapp schräg hinter ihr, weiter. Besah sich das Spiel ihrer Muskeln in dem hautengen Lederwams sehr genau und war höchlichst davon angetan.
Isabella ihrerseits achtete darauf, dem Marquis vorauszureiten – sie befand sich in einem gar seltsamen Gefühlssturm. Wer, zum Teufel, war dieser sonderbare Mensch? Ein Marquis, ja, aber auch ein Mann, und was für einer! Und wie sie so dahinritt, wurde ihr immer klarer, daß sie diesem Kerl nicht zeigen durfte, daß sie... aber auch, vielleicht, zeigen sollte...
Sie war verwirrt, die junge Fürstin Isabella, wie bis dahin noch nie in ihrem Leben, und es war ihr dies recht unbehaglich. So beschleunigte sie noch etwas das Tempo, um vorerst weiteren Gesprächen zu entgehen.
Obwohl Isabella und der Marquis sich dem Schloß Katzenstein nicht von der Flußseite aufwärts, sondern von der Hangseite abwärts näherten, wurde vom Schloß aus doch schon etliche Zeit vor ihrer Ankunft bemerkt, daß Isabella nicht allein von ihrem Ausritt heimkehrte – das Schloß lag so günstig auf einer Felsnase über dem Tal, daß alle Zugänge weithin einsehbar waren.
Der bergseitige Zuweg führte nicht an den Fuß der Terrasse, sondern in den Wirtschaftshof auf der Rückseite des Schlosses; dort warteten Graf Maximilian und Gräfin Walburga mit beträchtlicher Neugier, wen ihre Tochter da aufgegabelt haben mochte.
»Das ist der Marquis de Bonneville«, rief Isabella, kaum, daß sie abgesessen war, »er bringt gute Nachrichten von den Buben!«
Der Mutter schien es, als ob Isabella etwas hektischer sei als sonst, doch wandte sie sich zunächst dem Marquis zu, der sie sehr chevaleresk begrüßte, sodann dem Grafen Maximilian das Schreiben seiner Söhne überreichte. Der las es laut vor und war, was Wun-

der, hoch erfreut. »Ihr werdet sicher müde und hungrig sein«, richtete er dann das Wort an den Marquis, »mein Majordomus hier wird Euch sogleich ein angenehmes Quartier zuweisen. Ruht ein wenig und macht Euch frisch, inzwischen will ich auf der Terrasse, das Wetter ist ja so schön mild, ein Gastmahl richten lassen. Wenn es Euch recht ist, in zwei Stunden?«

»O ja«, erwiderte der Marquis, dessen Augen an Graf und Gräfin vorbei unentwegt auf der etwas abseits stehenden Isabella ruhten, die unter diesem Blick die Augen niederschlagen mußte und errötete.

Der Marquis erwies sich, als man sich am frühen Nachmittag zum Mahle setzte, als ein interessanter Plauderer. Natürlich wurde er, vor allem von Isabellas Eltern, einem Bombardement neugieriger Fragen ausgesetzt – wann kam auch schon mal ein echter kaiserlicher General nach Katzenstein, und noch dazu ein Franzose! Wieso ging das überhaupt?

»Ach«, sagte der Marquis, »ich bin seit meinem dreizehnten Lebensjahr Soldat. Aber als ich zweiunddreißig Jahre alt geworden war, nun, da hatte mein König keine Verwendung mehr für mich, weil irgend so ein Louisdorzähler meinte, ich hätte zuviel Geld für meine Truppen ausgegeben. Was sollte ich tun? Ich habe ja nichts anderes gelernt als das Soldatenhandwerk. Also bin ich zu den Kaiserlichen gegangen, zumal ich da einen Freund hatte, Prinz Eugen von Savoyen, der ja eigentlich auch Franzose ist. Allerdings«, fügte Marquis de Bonneville mit sardonischem Lächeln hinzu, »hat man mich wegen dieses Frontwechsels in Paris als Hochverräter zum Tode verurteilt!«

»Oh!« rief Isabella entsetzt.

»Kein Grund, zu erschrecken«, sagte der Marquis, »auch die Pariser köpfen keinen, sie hätten ihn denn – um ein altes deutsches Wort zu variieren.«

Bis auf kleine Ausspracheeigenheiten sprach der Marquis sehr gutes Deutsch, freilich mit weicher österreichischer Sprachmelodie,

was kein Wunder war, nachdem er nun schon seit sechs Jahren in österreichischen Diensten stand und etliche Zeit in Wien gelebt hatte.
Was er denn in Italien getan habe, wollte nun Graf Maximilian wissen. »Nun, dort habe ich zunächst unter dem Feldmarschall Prinz Eugen an der Belagerung und Erstürmung von Turin teilgenommen, dann die Zitadelle von Tortona erstürmt – dort durfte ich mich dann ein Weilchen als Festungskommandant ausruhen.«
»Wann war das denn?« fragte Isabella. Es war das erste Mal, daß sie das Wort an den Marquis richtete, und es hatte sie erhebliche Überwindung gekostet.
»Anno 1706 war's, und im Jahr drauf haben wir dann Toulon belagert. Da habe ich«, der Marquis lachte, »meine französischen Landsleute fürchterlich geärgert!«
Natürlich forderte er mit dieser Bemerkung die Frage heraus, wie er dies getan habe. »Ach, die hatten uns von den Festungswällen herunter so mit einem Granathagel eingedeckt, daß es unmöglich war, unsere eigenen Geschütze in Stellung zu bringen. Da habe ich in der Nacht einen hohen Erdwall aufschaufeln lassen, in dessen Schutz wir am hellen Tage unsere Batterien aufstellen konnten. Dann haben wir vor den Kanonen den Wall bis grade zur Rohrmündung abgegraben, und so konnten wir feuern, ohne selbst getroffen zu werden!«
»Welch ein genialer und hervorragender Einfall!« rief Graf Maximilian bewundernd.
»Davon lebt man als Offizier«, meinte der Marquis, »je mehr man überlegt, desto geringer sind die Gefahren und die Verluste und um so größer die Erfolge.«
Fürstin Isabella hing förmlich an den Lippen des Erzählers, der dies wohl bemerkte und langsam eine Hoffnung keimen spürte. Doch die sank wieder, als sich Isabella alsbald mit dem Hinweis, sie müsse sich um ihre Kinder kümmern, entschuldigte und die Tafel verließ.

Isabella eilte in ihr großzügig ausgebautes und eingerichtetes Boudoir, wo Mariella bei einer Nadelarbeit saß und die am Boden spielenden Kinder beaufsichtigte. »Oh, Mariella«, seufzte sie und ließ sich in einen der weichen Fauteuils fallen, »was ist nur mit mir los? Ich muß wegsehen, wenn der Mensch mich mit seinen hellblauen Strahleaugen ansieht, und ganz heiß und kalt wird mir auch. Was ist das bloß, kennst du so was auch?«

»Und ob«, erwiderte Mariella, und ihre grünen Augen blitzten vergnügt, »so erging's mir schon manches Mal, zuletzt, als damals Armand nach Blauenfels kam – Ihr seid ganz einfach verliebt!«

»Wie könnte ich das sein, in einen Mann, den ich kaum, erst ein paar Stunden kenne?«

»Aber Isabella«, lachte Mariella, »da genügt oft ein einziger Blick, und es überfällt einen mit aller Macht. Da kann man nichts dagegen tun!«

»Aber was soll ich tun? Ich kann es ihm doch nicht einfach sagen! Überhaupt, weiß ich denn, ob er auch ... und dann, ein Soldat, ein General, mal hier, mal dort, in zwei, drei Tagen ist er ohnehin wieder fort, und gewiß hat er auch eine Marquise und viele Kinder – ach nein, das hat keinen Sinn, ich würde mich nur verbrennen und dann furchtbar traurig sein. Verführ du ihn lieber, wenn du Lust dazu hast!«

»Wie?« Mariella war verblüfft. »Ihr seid bis über beide Ohren in diesen Marquis verliebt, und ich soll ihn verführen?! Lust hätt' ich schon, wie Ihr Euch wohl denken könnt, aber daß Ihr dies wünscht ...«

»Ich wünsche es nicht gerade«, meinte Isabella etwas gequält, »doch da ich fürchte, mich zu verlieren – warum sollte ich dir dann das Vergnügen mißgönnen, zumal ich immer noch ein etwas schlechtes Gewissen habe, weil ich dich durch den Umzug hierher von Armand getrennt habe.«

»Reizen tät' mich das schon, ein kleines Abenteuer mit dem Marquis, das geb' ich ja zu, doch nur, wenn Ihr mir fest versprecht, hernach nicht bös zu sein.«

»Bestimmt nicht, Mariella«, sagte die Fürstin fest, »ich denk', ich werd' mich dann freier fühlen.«

Die hübsche Mariella war, auch was Männer anging, von einer herzerfrischenden Direktheit. Sie schlich sich am späten Abend in den Gästeflügel des Schlosses und betrat, ohne anzuklopfen, das Gemach, in dem der Marquis einquartiert worden war.
Alexander de Bonneville saß, gekleidet in einen Morgenmantel aus blauer Seide mit silbernen Stickereien, in einem Sessel und las im Scheine eines dreiarmigen Kerzenleuchters in einem Buch. Er blickte auf, als er das Geräusch der Tür hörte. »Guten Abend, Jungfer«, sagte er, als Mariella vor ihn trat und einen niedlichen Knicks machte, »was führt Euch denn so spät zu mir?«
»Ich wollte fragen«, erwiderte Mariella, »ob ich Euer Gnaden zu Diensten sein dürfte.«
»Zu Diensten?« wiederholte der Marquis verständnislos.
Da knöpfte Mariella mit betont langsamen Bewegungen ihr prall sitzendes Mieder auf und ließ ihre schönen halbkugeligen Brüste hervorspringen. Erfreut registrierte sie das begehrliche Funkeln, das sogleich in die hellen Augen des Marquis trat. »Mon dieu«, murmelte er, »welche Pracht! Solchen Dienst also meint Ihr. Wißt Ihr, daß Ihr mich in ärgste Verlegenheit bringt?«
»Ei, warum denn?« fragte Mariella, nestelte ihren Rock auf und ließ ihn zu Boden gleiten.
»Weil, ich will es gestehen, mein Herz für die Fürstin Isabella entflammt ist. Andererseits wäre es von mir in unverzeihlichem Maße ungalant, ein solches Angebot einer so schönen jungen Frau« – Mariellas makelloser, hellbronzefarbener Körper sah in dem schmeichelnden, sanft flackernden Licht der Kerzen in der Tat unwiderstehlich aus – »zu verschmähen!«
»Und wie meint Ihr dies nun?« fragte Mariella, der anzusehen war, daß allein schon diese Situation sie heftig erregte; ihr Atem ging schwer, hob und senkte ihre strotzenden Brüste.
Der Marquis lächelte. »Das meine ich naturellement so!« Und bei

diesen Worten schlug er den blauseidenen Morgenmantel auseinander.

»Verbibbsch!« entfuhr es Mariella, denn zwischen strammen, muskelharten Schenkeln stand da der »kleine Marquis«, aber ganz und gar nicht klein.

»Mir scheint, er ist Euch recht, Jungfer«, sagte der Marquis, »nun tut, wonach Euch zumute ist.«

Mariella kniete sich vor dem Marquis nieder, der zurückgelehnt, mit leicht geöffneten Beinen mehr in dem Sessel lag als saß, ergriff den Generals-Stab, den sie mit ihrer zarten Hand nur knapp zu umspannen vermochte, und rieb mit der Eichelspitze ihre Brustwarzen. Der Marquis gab leise Laute des Wohlbehagens von sich, die auch andauerten, als Mariella sein Glied nun zwischen ihre Brüste klemmte, die sie mit beiden Händen fest zusammenpreßte, so daß der Liebesknochen ihr nicht entgleiten konnte, als sie den Oberkörper langsam auf und ab bewegte. Jedesmal, wenn dabei der lange Phallus des Marquis ein ganzes Stück oben zwischen ihren Brüsten hervorragte, beugte sie den Kopf vor und fuhr mit der Zungenspitze über den Eichelspalt.

Mariella liebte es sehr, einen Mann solcherart zu verwöhnen und wild zu machen, nicht zuletzt des wohligen Ziehens in der eigenen Lustspalte wegen, das sie stets dabei empfand, wenn die Säfte quollen und sie empfangsbereit machten. Das war sie jetzt. Der Sessel war breit genug, daß sich Mariella mit weitgespreizten Beinen über den Marquis knien konnte. Mit einer Hand stützte sie sich auf seine Schulter – muskelbepackt wie der ganze Mann –, mit der anderen schob sie sein Glied zwischen ihren nassen und geschwollenen Schamlippen hin und her, ehe sie es sich schließlich mit einem entschlossenen Ruck einverleibte, was beiden ein lautes Aufstöhnen abpreßte.

In den Marquis, der bis dahin eher passiv Mariellas Wohltaten genossen hatte, kam nun Leben. Kräftig packte er mit beiden Händen Mariellas feste Hinterbacken, unterstützte ihren Ritt, hielt auch kräftig dagegen, beschleunigte das Tempo und hielt den Blick

fasziniert auf Mariellas Brüste gerichtet, die knapp vor seinen Augen allerliebst im Takt des freudvollen Tuns auf und nieder wippten.
Bald spürte Mariella das Ding in sich noch ein wenig wachsen, zugleich ging der Atem des Marquis schwerer, seine Hände verkrampften sich in ihre Gesäßbacken. »Alors, alors!« keuchte er und andere französische Wortfetzen, die Mariella nicht verstand und doch verstand – in einem rasenden Schlußgalopp ließ sie ihren Körper auf den seinen klatschen, bis er sich in ihr entlud. Matt sank sie auf ihn nieder. Doch dies währte nicht lang, der Marquis hatte erfaßt, daß das Mädchen, das ihm da so überraschend enormes Plaisir bereitet hatte, selbst noch nicht am erlösenden Ziel angekommen war. Mit erstaunlicher Sanftheit schob er sie hoch. »Legt Euch auf das Bett, Jungfer«, sagte er zärtlich, »jetzt will ich Euch zu Diensten sein.«
Mariella, noch benommen von dem anstrengenden Ritt, war es mehr als recht, sich auf das gleich danebenstehende Bett niedersinken zu lassen. Doch sofort war der Marquis da, schob ihre Beine auseinander und wühlte seinen Kopf zwischen sie. Seine Zunge wußte, wie einer Frau Wonnen zu bereiten sind; mit schnellem Schlag trieb er Mariella in die höchste Lust.
Nach Luft ringend lag sie dann auf dem Bett. »Oh, Herr Marquis«, schnaufte sie, »das war aber...«
»Wir wollen uns ein wenig erfrischen«, unterbrach sie Alexander de Bonneville, »Graf Maximilian hat freundlicherweise mein Quartier bestens ausgestattet. Da ist sogar eine Kiste mit Eis, auf dem einige Flaschen Chablis von einer Art liegen, die sogar ich als exzellent ansehen muß. Wie wär's mit einem Schluck, Jungfer?«
»Gern, Marquis!«
Mit gemessenen, eleganten Bewegungen holte der Marquis, dessen nackter Körper im Kerzenlicht schweißnaß glänzte, eine dieser Flaschen und Gläser, schenkte ein und reichte Mariella, ganz so, als ob sie nicht nackt, sondern in eine große Robe gekleidet sei, einen der Kelche, hob den seinen.

»A votre plaisir – auf unser Vergnügen!« sagte er, trank, lächelte Mariella mit seinen Blauaugen an, setzte sich neben sie auf die Bettkante. »Und nun, Jungfer, sagt mir bitte, wer Ihr seid.«
»Wer ich bin?« Mariella, schon wieder erholt, kicherte fröhlich, strich sich mit der freien Hand – in der anderen hielt sie den Kelch mit dem köstlichen weißen Bordeaux – über die Brüste, den platten, festen Bauch, die samtenen festen Schenkel. »Nun, ich denke, eine recht schöne Ragazza« – wenn sie in Schwung war, kam gelegentlich ihre italienische Hälfte durch.
»Ganz gewiß«, lächelte der Marquis, »ihr seid wahrlich magnifique, very beautiful, ganska skön, otschini prikraßni – jeder Mann, welche Sprache er auch spricht, wird Euch das bestätigen. Aber ich möchte wissen, wer Ihr seid!«
»Wißt Ihr das denn nicht?«
»Nun, ich sah Euch zwar einmal flüchtig am Nachmittag, doch das ist alles.«
Mariella zögerte, sagte dann aber doch die Wahrheit: »Mariella heiße ich, und ich bin die Zofe der Fürstin Isabella.«
»Mon dieu«, der Marquis schlug sich mit der flachen Hand vor die noch immer schweißnasse Stirn, so heftig, daß der Wein, den er in der anderen Hand hielt, aus dem Glase überschwappte, »die Zofe der Fürstin!«
»Und ihre engste Vertraute, darf ich wohl sagen«, fügte Mariella spöttisch hinzu, weil der Schrecken des Marquis sie erheiterte.
»Merde! Als Vertraute werdet Ihr gewiß Eurer Herrin erzählen, was Ihr... eh... was wir hier...«
»Vielleicht«, säuselte Mariella, »vielleicht auch nicht...«
»Bitte, Jungfer, quält mich nicht«, der Marquis war außer sich, »wenn die Fürstin erfährt – und, bitte, so wie Ihr... ich bin doch ein Mann...«
»O ja, der seid Ihr«, stimmte Mariella zu, »und nun sorgt Euch nicht. Was wir hier getrieben haben, wird Euch gewiß nicht zum Schaden gereichen, auch bei der Fürstin nicht!«
»Ich danke Euch, schönes Kind«, sprach der Marquis, sichtlich

sehr erleichtert. Und diese Erleichterung wirkte sich allsogleich aus, zumal sie ja während dieses Gespräches immer noch nackt auf der Bettkante saßen: Der »kleine Marquis« ging wieder hoch. »Wie ist es, Mariella«, der Marquis rollte das »ll« genüßlich, »mögt Ihr ihn noch einmal?«

»Aber ja!« rief sie erfreut. »Doch nun beginnt Ihr, und von der anderen Seite, bitte!« Flugs hatte sie ihr Glas abgestellt, sich aufs Bett gekniet und ihren Wonnehintern hochgereckt, in dessen Mitte die Muschel feuchtrot glänzte. Stürmisch drang der Marquis, ihre Lenden umgreifend, in sie ein. Mariella juchzte und bekam dazu noch oft Grund – der Marquis erwies sich als ein nicht nur überaus ausdauernder, sondern auch zärtlicher Liebhaber.

So war Mariella arg, wenn auch wohlig, ermattet, als sie spät in der Nacht aus dem Gästequartier schlüpfte und durch die Gänge des Schlosses huschte. Sie bemerkte nicht den matten Lichtschimmer am unteren Spalt der Tür zu ihrem für eine Zofe und Kammerjungfer ungewöhnlich großen und komfortablen Gemach. Als sie, ganz sacht und leise, die Tür öffnete und eintrat, sah sie sich unversehens der Fürstin Isabella gegenüber, die an einem Stickrahmen saß und nun aufblickte. »Nun, Mariella, mein Kammerkätzchen, wie war es denn?« fragte sie.

7. Kapitel

Mariella starrte verschreckt und verwirrt die Fürstin an. »Aber Isabella, Ihr habt mir doch versprochen, nicht böse zu sein!«
»Wer sagt denn, daß ich böse bin?« lächelte Isabella. »Neugierig bin ich, das ist alles, und auch eigentlich sehr zufrieden. Weißt du, als ich merkte, daß du spät am Abend noch einmal fortgingst, da wußte ich natürlich, nach unserem Gespräch am Nachmittag, was das zu bedeuten hatte. Und als du stundenlang nicht wiederkamst, da war mir klar, daß du in seinen Armen lagst. Also liebt er mich nicht. Das macht es mir, wie ich es erwartete, wirklich sehr viel leichter, meine verrückten, unsinnigen Gefühle im Zaum zu halten.«
Mariella blickte ihre Herrin und zugleich vertraute Freundin kopfschüttelnd an, und ihre grünen Augen, die eben noch vor Mattigkeit trüb und vor Schreck stumpf gewesen waren, blitzten verschmitzt auf. Sie setzte sich vor Isabella auf den weichen Teppich, zog die Beine an, schlang die Arme darum, bettete ihr Kinn auf die Knie und sagte: »Also, Isabella, so ist das nicht. Der Marquis hat sich genauso Hals über Kopf in Euch verliebt wie Ihr Euch in ihn.«
»Nein!« fuhr Isabella auf.
»Doch, doch«, beharrte Mariella, »er hat es mir ja selbst gesagt.«
»Wie?« fragte Isabella gierig.
»Ach, eigentlich gleich. Als ich ihm zeigte, was ich wollte, da hat er mir gestanden, daß er sein Herz an Euch verloren hat.«
»Und trotzdem hat er mit dir...«
»Natürlich«, unterbrach Mariella selbstsicher, »den Mann möchte ich sehen, dem ich mich nackt anbiete und der mich verschmäht.

Der müßte krank sein oder kein Mann. Aber«, Mariella lächelte, »er hat das ganz lieb gesagt. Euch tät er lieben, aber es wäre ungehörig, wenn er nicht meine Wünsche ... na ja, Isabella, das ist sicher, gern lasse ich Euch den nicht. Das ist ein Mann, dem sogar ich nachrennen würde.«
»Was so einer so sagt, wenn er die Nacht mit dir verbringen will«, meinte Isabella, »das heißt nicht viel.«
»Schon, aber hinterher war's dasselbe! Er wußte ja nicht einmal, wer ich bin, und als ich ihm sagte, ich sei Eure Zofe, da wurde er bleich vor Entsetzen und bat mich flehentlich, also er beschwor mich geradezu, nur ja nicht zu verraten, daß er mit mir ... und das hätte ich wohl auch nicht, wenn Ihr nicht hier auf mich gewartet hättet.«
»Ach, Mariella«, jammerte die Fürstin, »nun ist doch alles wieder wie zuvor, und ich weiß nicht, was ich tun soll!«
»Folgt einfach Euren Wünschen und Gefühlen, wie Ihr es bisher auch getan habt«, riet Mariella, »es tut nicht gut, so etwas zu unterdrücken!«
»Wahrscheinlich hast du recht«, erwiderte Isabella und erhob sich, »ich werde den Dingen einfach ihren Lauf lassen, gleich, was dabei herauskommt. Und nun wollen wir zu Bett gehen, du mußt doch todmüde sein!«
»Ja, wirklich«, Mariella stand ebenfalls auf und reckte ihre Glieder, »ich werde schlafen wie eine Tote.«

Was Mariella der Fürstin erzählt hatte, gab Isabella am nächsten Tage Mut, bei Tisch den Blicken des Marquis nicht mehr auszuweichen. Freilich konnte sie nicht verhindern, daß sie errötete, wenn der Blickkontakt länger anhielt.
Dies fiel sehr bald ihrer Mutter auf, und der behagte dieses Augenspiel zwischen der Tochter und dem attraktiven Gast nicht sonderlich.
Gräfin Walburga nahm sich vor, dafür zu sorgen, daß die beiden keinesfalls miteinander allein waren – sie kannte ihr eigenes leb-

haftes Temperament nur zu gut und wußte, daß es Isabella in noch stärkerem Maße zu eigen war.
Gräfin Walburgas mütterliche Strategie war zunächst erfolgreich, allerdings zwiefach: zwar gelang es weder dem Marquis noch Isabella, des jeweils anderen allein habhaft zu werden, die zweite Folge aber war, daß der Marquis keine Anstalten machte, weiterzureisen, sondern mit größter Selbstverständlichkeit die Gastfreundschaft der Katzenstein-Waldheims weiter in Anspruch nahm. Und an dem Augengeplänkel bei Tische, das immer intensiver wurde, konnte die Gräfin nichts ändern. Und weil Augen eine sehr deutliche Sprache sprechen können, war beiden klar, was geschehen würde, wenn...
Und es geschah, durch einen banalen Zufall. Zu den gemeinsamen Mahlzeiten rief auf Schloß Katzenstein stets ein kräftig durch den Bau hallender, jedoch melodischer Doppelgongschlag. Der Marquis folgte dieser Aufforderung stets prompt, denn gerade einem Gast gebot die Höflichkeit, keinesfalls auf sich warten zu lassen.
Am vierten Abend seines Besuches jedoch hatte er sich so in die Lektüre des *Tratto della guerra* von Graf Raimund Montecuccoli vertieft, daß er erst, als der Gong ertönte, erschrocken bemerkte, daß er sich noch nicht für die Abendmahlzeit angekleidet hatte. Eilig, doch ohne Hast, holte er das nach, um dann mit weitausgreifenden Schritten den Gang entlangzueilen, der von seinem Quartier zur Haupttreppe führte.
Auf diesen Gang mündete, kurz vor der Haupttreppe, rechtwinklig der Gang, der zu dem Seitenflügel des Schlosses führte. Und an dieser Einmündung trafen der verspätete, eilende Marquis und die nie sonderlich pünktliche Isabella aufeinander, fast wären sie zusammengeprallt. Einen Augenblick standen sie stumm, dann umschlangen sie sich, und ihre Lippen fanden sich in einem leidenschaftlichen, rasenden, nicht enden wollenden Kuß. Als sie sich endlich atemlos voneinander lösten, raunte Isabella nur ein Wort: »Komm!« und zog den Marquis mit sich. Es war ihr gleichgültig, was die Eltern denken mochten, in ihr hatte sich in den letzten Ta-

gen so viel aufgestaut, das zur Erfüllung drängte, daß es ihr gar nicht in den Sinn kam, auch nur einen Augenblick zu zögern – sie wollte ihn, er sollte ihr gehören, jetzt. Dem Marquis ging es nicht anders. Und so fielen sie, kaum daß sie Isabellas Gemächer erreicht hatten, wild und hemmungslos übereinander her, versanken in einer feurigen Lohe sengender Leidenschaft.

Unten auf der Terrasse vor dem Schloß hob Gräfin Walburga resignierend die üppigen Schultern. »Ich fürchte, Maximilian«, sagte sie zu ihrem Mann, »da weder Isabella noch der Marquis zur Abendtafel erschienen sind, gibt's dafür nur eine Erklärung!«
Graf Maximilian nickte. »Hast du wirklich geglaubt, du könntest Isabella daran hindern? Daß sie sich in den Marquis vergafft hat, war ja nicht zu übersehen. Und wenn sie sich etwas in den Kopf gesetzt hat, unsere Tochter, dann läßt sie sich sowieso von nichts und niemandem davon abhalten!«
»Da hast du leider recht.«
»Wieso leider? Ich find's nicht schlecht, daß meine Tochter einen starken Willen hat. Zumal in ihrer Stellung als Fürstin kann das nur gut sein.«
»Leider, sagte ich«, erwiderte Gräfin Walburga, »weil wir, wenn mich nicht alles täuscht, unsere Tochter schon wieder verlieren werden.«
Da hatte sich die Gräfin in der Tat nicht getäuscht. Graf und Gräfin hatten sich schon einige Zeit, weil es draußen herbstlich kühl wurde, in die Halle zurückgezogen und sich am Kamin niedergelassen, als Isabella und der Marquis die Treppe zur Halle herunterkamen. Der Marquis hatte den Arm um Isabellas Schulter gelegt, beide strahlten. Sie gaben sich nicht die Mühe, etwas zu erklären, und das war ja auch nicht nötig, die Situation war offensichtlich.
Mit der ihr eigenen Unbefangenheit fragte Isabella: »Ob es wohl noch etwas zu essen gibt? Wir haben mächtigen Hunger!«
»Wundert mich nicht«, sagte Gräfin Walburga trocken, »es ist ja auch schon zwei Stunden her, daß zur Abendmahlzeit gegongt

wurde. Setzt euch zu uns, ich laß gleich was bringen!« Und rief mittels eines Glöckchens Bedienung herbei.
»Nun, Marquis«, fragte Graf Maximilian, als sich die beiden gesetzt hatten, »was habt Ihr uns zu sagen?«
»Nein, Papa«, nahm da Isabella das Wort, »es ist an mir, Euch zu berichten. Denn was geschehen ist und weiter geschehen wird, das ist so, weil ich es so will. Ich werde mit Alexander gehen!«
»Aha. Und als was«, fragte die Mutter, »als Marquise de Bonneville?«
»Nein«, lachte Isabella, »das geht nicht, denn die gibt es schon!« Als sie die, gelinde ausgedrückt, erstaunten Gesichter der Eltern sah, fügte sie hinzu: »Alexanders Gattin ist nicht mit ihm gegangen, als er Frankreich verlassen mußte und dort zum Tode verurteilt wurde. Ich werde seine Maîtresse en titre, als Marquis kann er sich das leisten.«
»Hmm«, brummte Graf Maximilian, »die Fürstin Blauenfels als Maîtresse des Marquis de Bonneville – das dürfte Furore machen, meint Ihr nicht auch, Marquis?«
»Gewiß, aber es geht ja leider nicht anders, und ich bin überglücklich, daß Isabella es so will. Und Ihr könnt versichert sein, daß es ihr an nichts mangeln wird. Zwar, mein Vermögen, meine Güter und sonstigen Besitzungen sind in Frankreich und für mich unerreichbar, doch als neuer Inhaber des ehemals Fürst Nehemschen Regiments erhalte ich vom Kaiser eine stattliche Obristengage, auch kann ich, vieler Vakanzen wegen, eine Menge Offiziersstellen verkaufen.«
Isabella lachte hell auf. »Alexander, wie lieb von dir, aber um mein materielles Wohlergehen brauchst du dich wirklich nicht zu sorgen! Du kannst es natürlich nicht wissen, aber mein Fürstentum, so winzig es auch ist, ist ein sehr reiches und bringt ständig mehr Revenuen, als ich je verbrauchen kann!«
»Laß du nur deinen Reichtum sich mehren«, meinte der Marquis, »was wir brauchen, das habe ich schon!«
»Sag mal, Kind«, erkundigte sich nun Gräfin Walburga, »hast du

dir auch überlegt, wie das sein wird, dieses wilde, unstete Soldatenleben!?«
»Es wird mir sicher lieber sein als ein gar zu stetes Leben als Witwe«, erwiderte Isabella überzeugt.
»Gar so wild, wie Ihr denkt, liebste Gräfin«, ergänzte der Marquis, »ist mein Leben auch wieder nicht. In Comacchio zum Beispiel, einem idyllischen Hafenstädtchen, dort, wo der Po sich ins adriatische Meer ergießt, bin ich bald vier Jahre geblieben, nachdem ich es Anno 1708 den Päpstlichen im Handstreich weggenommen hatte. Da habe ich mich mit Fischfang, Salzhandel und Kanalbau beschäftigt und nur gelegentlich mit Kriegshandwerk.«
»Und was erwartet Euch nun, oben in den Niederlanden?« wollte Graf Maximilian wissen.
»Das weiß ich wirklich noch nicht. Der Krieg um den spanischen Thron ist noch immer im Gange, obwohl ich von größeren Battaillen lange nichts gehört habe. Man wird sehen.«
Graf und Gräfin Katzenstein wurde während dieses Gespräches endgültig klar, daß jeder Versuch, Isabella von ihrem Entschluß abzubringen, erfolglos bleiben würde. Selbst der Hinweis auf die Zwillinge verfing nicht – Isabella konnte sich zu Recht darauf berufen, daß ihre Mutter die Kinder schon vom Tage ihrer Ankunft an für sich vereinnahmt habe: »Das soll kein Vorwurf sein, Mama. Sie sind in deiner Obhut sicher besser aufgehoben als in meiner!«
Danach wurde nur noch über die Reisevorbereitungen gesprochen. Und wie um ihren Entschluß zu bekräftigen, verließ Isabella, als es Zeit wurde, zu Bett zu gehen, gemeinsam mit dem Marquis die Halle und ging wie selbstverständlich und für die Eltern unübersehbar mit ihm zu seinem Gastquartier.

8. Kapitel

Es war das erste Mal seit langer Zeit, daß Isabella an der Seite eines Mannes erwachte. Versonnen blickte sie, nachdem sie sich den Schlaf aus den Augen gerieben hatte, auf den noch schlafenden Alexander. Seine herben, kantigen Züge wirkten, vom Schlaf gelöst, fast jungenhaft – dabei war er achtunddreißig Jahre alt, wie sie inzwischen wußte.

Die Erinnerung an die Nacht, die sofort in ihr aufstieg, ließ sachte Glücksschauer durch ihren Körper rieseln. Es war alles ganz anders gewesen als bei der rasenden Vereinigung vor dem Abendessen. Alexander hatte, nach einem langen, innigen Kuß, eine Flasche edlen Rotspons hervorgeholt. »Die ist nicht von deinem Vater«, sagte er, »davon schleppe ich immer zwei oder drei mit mir herum, kann sie aber meistens nicht trinken, weil der Wein das Geschüttel nicht verträgt. Doch nun hat er vier Tage geruht; er wird uns munden.«

Der Wein, mild und nicht gar so schwer, versetzte sie in eine sanft beschwingte Stimmung.

Sie saßen nebeneinander auf einer breiten Chaiselongue, plauderten verliebt, herzten sich, lösten sich nach und nach mit gegenseitiger Hilfe aus ihren Kleidern. Isabella ließ die zarten Finger und die Lippen auf dem muskulösen, gebräunten Körper des Geliebten herumspazieren. Da waren viele hellere, auch einige rötliche Stellen – ältere und frischere Narben von den mannigfachen Verwundungen, die Alexander im Laufe der Jahre davongetragen hatte. Isabella küßte sie fast ehrfürchtig, ließ sich sagen, wo und wann er die Blessuren erlitten hatte. Ein wenig machte ihr das angst, doch schob sie diese Gedanken sogleich beiseite – wenn sie Angst hatte, durfte sie keinen Soldaten lieben.

Auch Alexander inspizierte den schönen Körper seiner Geliebten ausführlich und mit großer Zärtlichkeit, von Zeit zu Zeit leise Koseworte murmelnd. Schließlich schob er eine seiner starken, nervigen Hände zwischen ihre Beine. Er legte den Mittelfinger zwischen ihre längst geschwollenen Schamlippen, Zeige- und Ringfinger von außen dagegen. Dann preßte er die drei Finger sachte zusammen, lockerte sie wieder, drückte wieder, wobei zugleich die Wurzel des mittleren Fingers sehr sanft das feuchte Lustzentrum massierte.

Isabella quittierte diese ihr neue Behandlung mit entzückten Lauten, doch nicht nur dies, sie ließ auch seinem hochragenden Geschlecht eine ähnlich sanfte Reizung zukommen, indem sie es umfaßte, ihre Hand etwas stärker schloß, wieder lockerte, wieder schloß ...

Nachdem sie sich einige Zeit so sacht, ganz allmählich, in immer stärkere Erregung gebracht hatten, hielt es Isabella nicht mehr. »Bitte, Alexander, ich ...«

»Naturellement«, murmelte der Marquis und streckte sich rücklings auf der Chaiselongue aus. Sofort war Isabella über ihm, kniend, lenkte das große Glied in sich hinein, setzte zu einem wilden Ritt an und sah sich unversehens gebremst.

»Oh, non, ma p'tite duchesse«, murmelte er, »nicht so!« Und er packte ihre köstlichen Hinterbacken, preßte sie auf sich, ließ aber nicht wieder locker. Isabella, die schon ziemlich aufgeladen war und weiter wollte, verstand das nicht. »Bitte, Alexander, laß mich doch!«

»Non, bleib ruhig, ma chéri, laß ihn ganz drin, leg dich auf mich, streck auch deine Beine – so wollen wir bleiben, lange, aufeinander und ineinander.«

Isabella war verwirrt, aber es war ihr nicht unlieb, sich mit ihren vollen Brüsten auf Alexanders breite Brust zu betten und ihre Beine zu strecken. Sie wartete, was kommen würde. Nichts. Alex-

ander rührte sich nicht. Nur der Atem beider ließ die Körper sich ein wenig bewegen.
Und dann spürte sie, wie die Spannung in ihr wuchs, ausgehend von dem starken Gemächt, das fast reglos, nur minimal pulsierend, in ihr steckte. Je länger es dauerte, dieses stille Ineinandersein, desto wahnsinniger wurde das Gefühl der sich steigernden, doch unerlösten Lust. Isabella hätte schreien, loszappeln mögen, doch Alexander hielt sie eisern fest. Bis die zum Exzeß aufgeladene Spannung sie beide überwältigte: Isabella riß sich hoch, wollte loswuchten und wurde, kaum, daß sie sich bewegte, von einer schier unheimlichen, nie zuvor erfahrenen Lustexplosion überkommen, ihr Körper schüttelte sich in konvulsivischen Wonnezuckungen, sie schrie auf, schlug eine Hand vor den Mund, biß verzückt hinein und merkte kaum, wie Alexander unter ihr, zitternd und röchelnd, dieselben Luststürme durchlebte.
»C'est si bon, eh?« stöhnte er, als sie wieder einigermaßen zur Besinnung gekommen waren.
»Oh, oui, très, très bien!« keuchte sie zurück. Und dann brauchten sie ziemlich lange zum Ausschnaufen.
Ja, so war es gewesen, letzte Nacht, anders, sanfter und aufregender als je zuvor – noch die Erinnerung daran ließ Isabella sich wohlig schütteln.
»Du, du wilder Urbär!« rief sie dann halblaut und klopfte ihm sacht auf die Schulter, die, wie auch die Brust, mit weichem Flaumhaar bedeckt war. »Aufwachen! Es ist Tag, und wir haben noch viel vor!«
Alexander räkelte sich. »Oh, ma belle!« murmelte er schlaftrunken, schlug seine Arme um sie und zog sie an sich. Willig gab sich Isabella einem langen Kuß hin, obwohl der etwas unausgeschlafen schmeckte. Doch dann protestierte sie: »O nein, Alexander, nicht schon wieder!«
»Oooch!«
»Aber nein, du General, du mußt doch wissen, was wichtig ist! Du kannst doch nicht unentwegt mit mir umanandmachen, du

Depp!« Wobei sich Isabellas bayerische Herkunft mütterlicherseits wieder einmal bemerkbar machte. Sie erhob sich und streifte ihre Kleider über. »In einer halben Stunde gibt es bei mir Frühstück!« Und damit ging sie.

»Du hast recht behalten, Mariella!« rief Isabella fröhlich, als sie ihr Schlafgemach betrat, wo die Zofe damit beschäftigt war, Kleider für Isabella zurechtzulegen. »Es war gut, daß ich meinen Gefühlen nachgegeben habe«, fuhr die Fürstin fort, »ich kann dir gar nicht sagen, wie gut!«
»Aber ansehen kann man es Euch«, lachte Mariella, »wie ist es, werdet Ihr den Marquis heiraten?«
»Alexander ist schon verheiratet, doch das stört mich nicht, ich werde mit ihm gehen. Das mag ein recht unstetes, sogar gefährliches Leben geben, und ich weiß nicht«, Isabella blickte Mariella nachdenklich-fragend an. »ob ich dir das zumuten kann.«
»Wollt Ihr mich etwa fortschicken?« Mariella war entrüstet. »Was heißt denn zumuten?! Umgekehrt ist's! Meint Ihr, ich würde Euch ganz allein den Fährnissen des Soldatenlebens überlassen? Niemals!«
»Danke, liebste Mariella«, Isabella freute sich, »um ehrlich zu sein, ich hatte gehofft, daß du dich so entscheiden würdest, denn ohne dich wäre ich mir – trotz Alexander – irgendwie vereinsamt vorgekommen.«
»Nun gut«, erwiderte Mariella, »dann sagt mir, wann die Reise beginnt, damit ich die nötigen Vorbereitungen treffen kann.«

9. Kapitel

Fürstin Isabella, Marquis de Bonneville und Mariella reisten auf die gleiche Art wie die beiden Damen vor nicht langer Zeit von Blauenfels nach Katzenstein: Die Frauen in Isabellas bequemem Landauer, freilich diesmal nur zweispännig und ohne Kutscher – Isabella und Mariella wechselten sich auf dem Kutschbock ab. Nebenher trabte, an einer Longe, Isabellas Rappstute Leila; Alexander ritt mit seinem großen Wallach mal voraus, mal ebenfalls nebenher; das Roß brauchte die schweren Packtaschen nicht mehr zu schleppen, die befanden sich in der nachfolgenden Gepäckkutsche.

Die Fahrt ging zunächst, dem lieblichen Tale der Jagst folgend, zu dem hübschen Winzerstädtchen Neckarsulm, wo sie erstmals nächtigten. Die nächste Tagesreise, die nun dem Tale des Neckars folgte, endete in Neckargemünd. Am dritten Tage fuhren sie durch Heidelberg, das noch immer einer großen Baustelle glich, nachdem die Stadt zwanzig Jahre zuvor von den Franzosen vollständig zerstört worden war.

Wenig später erreichten sie die Festung Mannheim, umgeben von frisch aufgetürmten mächtigen Mauern und Bastionen. Doch nicht diese, von dem niederländischen General und Festungsbaumeister van Coehoorn errichteten Fortifikationen waren es, die Isabellas und Mariellas Staunen erregten, sondern der Rhein. Keine von beiden hatte je zuvor einen so mächtigen, breiten Strom gesehen, er mochte immerhin bald tausend Fuß in der Breite messen. »Seht nur, die vielen Schiffe«, rief Mariella, »und dort, ein Kahn voller Kühe!«

In der Tat herrschte auf dem Rhein ein lebhafter Schiffs- und Bootsverkehr, zumal der Strom, jetzt im Herbst, sein Wasser ruhig führte und deshalb gefahrlos zu befahren war. Alexander de Bonneville wies auf einen besonders großen Frachtkahn mit flachem Deck: »Seht ihr, so eines werden wir nehmen. Darauf können wir bequem Kutschen und Pferde laden. Der Rhein ist bei weitem der bequemste Weg zu den Niederlanden.«
Alexander kannte sich aus, er dirigierte die kleine Reisegesellschaft zur Schiffslände, wo ein emsiges Gewimmel herrschte; Träger schleppten Ballen, Kisten, Säcke von und zu den Schiffen, quietschend und knarrend bewegten handbetriebene Kräne und Flaschenzüge schwere Lasten. Der Marquis hieß die Kutschen etwas abseits dieses Treibens warten und machte sich selbst auf den Weg zum Meister der Schiffergilde.
Isabella und Mariella bestaunten derweil die wildverwegenen Gestalten der Schiffsknechte, von denen manche Ohrringe trugen, die kostbar gewandeten Kaufherren, die ankommende Waren prüften, und die nicht wenigen Mädchen und Frauen, die durch kräftige Schminke und weitausgeschnittene Mieder zu erkennen gaben, daß sie für einen halben Gulden zu haben waren.
Das alles war so fremd und interessant, daß es ihnen, als Alexander zurückkam, so schien, als sei er grad eben fortgegangen. Der Marquis war zufrieden: »Ich habe uns ein gutes Schiff gefunden. Es wird bis morgen hergerichtet. Als Nachtquartier hat man mir das Gasthaus *Zum Goldenen Adler* angeraten, dorthin wollen wir uns begeben.«
Der *Goldene Adler*, dessen dem Namen entsprechendes Wirtshausschild in der schon tiefstehenden Nachmittagssonne glänzte, war ein prächtiger Backsteinbau mit einem großen Innenhof, den Stallungen für Kutsch- und Reitpferde säumten.
Die Quartiere waren angenehm und sauber. Wo sie zu speisen wünschten, fragte der dicke, gemütliche Adlerwirt, der sie zu ihrem Quartier geführt hatte, »hier oder vielleicht lieber unten in der Gaststube?«

»Ich ziehe die Gaststube vor«, erklärte Isabella, »wenn Ihr uns eine separate Tafel richten würdet...«

»Gewiß, Durchlaucht. Doch gestattet eine Frage. Heut ist der edle Herr Graf Enno von Esens eingetroffen, der gleichfalls an separater Tafel im Gastraum zu speisen wünscht. Wäre es recht, wenn er mit Euch...«

»Wenn's ihm konveniert, mir ist es recht«, erklärte Isabella, die als Fürstin und Ranghöchste natürlich das Sagen hatte, wenngleich sie die Jüngste war.

Die Gaststube, in die sie sich einige Zeit später begaben, war ein großer, dunkel getäfelter Saal, durch hohe Fenster gut belüftet. Die Tafel, die der Wirt für sie hatte richten lassen, stand an der Rückseite des Raumes, so daß dieser gut zu übersehen war. Die übrigen Gäste waren, an der Kleidung klar erkennbar, teils Kaufherren, teils Zunftmeister des Handwerks; diese beiden Gruppen saßen je für sich, die Kaufherren beim Wein, die Handwerker beim Bier.

Isabella, Mariella und der Marquis knabberten genüßlich frische Mainzer Hörnchen mit Butter als Vorspeise, da näherte sich mit seltsam wiegendem Gang eine merkwürdige Gestalt ihrer damastgedeckten Tafel: Ein Mann mit flachsblondem Haar, ebensolchem Bart, einem länglichen, braunen Gesicht, blaßgrauen Augen unter Lidern mit gleichfalls blonden Wimpern. Er trug eine Jacke aus naturfarbenem, wettergebleichtem groben Leinen. Die Knöpfe daran aber waren erkennbar aus purem Gold, das um den Hals geschlungene rote Tuch aus feinster Seide.

Er trat an den Tisch, fixierte Isabella mit seinen blassen Augen: »Fürstin Blauenfels?«

Als Isabella nickte, knickte sein langer Oberkörper zu einer artigen Verbeugung nach vorn, die er mit einem Kratzfuß ergänzte: »Ergebenster Diener, Durchlaucht!«

»Ihr müßt Graf Enno sein«, stellte die Fürstin fest.

»So ist es«, bestätigte er.

»Nun, dann nehmt Platz. Hier zu meiner Linken, das ist der Marquis de Bonneville« – die beiden Männer nickten sich kurz zu –, »und zu meiner Rechten Mariella Theobaldi, meine Zofe.«

»So seid mir gegrüßt, Jungfer!« sprach der Graf lächelnd und setzte sich.

»Euer Habitus, Graf Enno«, nahm nun die Fürstin das Wort, »ist – hm – nun, sagen wir, recht ungewöhnlich. Ob Ihr uns wohl erklären mögt, warum?«

»Gern, Durchlaucht. Seht, ich bin der vierte Sohn meines Vaters, und unser Herzogtum Ostfriesland ist so groß nicht, als daß man es unter so vielen aufteilen könnte. In den geistlichen Stand, wie sonst für nachgeborene Söhne üblich, mochte ich nicht, eine häßliche Oldenburger Comtesse heiraten ebensowenig – nun, da bin ich eben ein Seefahrer geworden, als einfacher Matrose anfangs, doch inzwischen bin ich nun Kapitän. Und wenn man sich an diese bequemen Sachen, wie man sie an Bord trägt, erst einmal gewöhnt hat, dann behält man sie auch an Land an, gleich, was die Leute denken.«

»Ein Kapitän? Wollt Ihr sagen, daß Ihr mit richtigen Schiffen ferne Meere befahren habt?« fragte Isabella neugierig.

»Und ob«, lachte der Ostfriesengraf, »keine drei Jahre ist es her, da war ich noch auf der anderen Seite der Erde, die ja, wie Ihr wohl wißt, eine große Kugel ist.«

»Oh, bei den Menschenfressern?!« rief Mariella staunend.

»Sieh an, sieh an, Jungfer«, wunderte sich Graf Enno, »woher wißt Ihr denn, daß es da unten in der Südsee Menschenfresser gibt?«

»Fürst Heinrich-Otto, Gott hab ihn selig, hat es mir gesagt. Stimmt es denn nicht?«

»Zwar weiß ich nicht, wer Fürst Heinrich-Otto war...«

»Mein verstorbener Gatte!« warf Isabella ein.

»Oh... nun, er hat jedenfalls gute Kenntnisse gehabt. Es ist wahr, da unten gibt's wilde Völker, die sich gegenseitig verspeisen, und vor einigen Jahren glaubte ich selbst schon einmal, mein Leben in den Kochtöpfen der Maoris beenden zu müssen.«

»Ach bitte«, sagte Isabella mit vollem Mund, denn inzwischen hatten zwei dralle Wirtstöchter mannigfache kalte Köstlichkeiten aufgetischt, »erzählt doch, falls es nicht zu grauslich ist und uns den Appetit verdirbt.«
»Das wohl nicht«, erwiderte der Graf, »nur fürchte ich, den Marquis zu langweilen, der doch sicher auch weit gereist ist.«
»O nein, cher Comte«, sagte Alexander freundlich, »zwar bin ich als Jüngling Schiffsfähnrich gewesen, doch ist ein Landgeneral aus mir geworden, zur Zeit in Diensten des Kaisers Karl, und Geschichten aus fernen Landen höre ich immer gern.«
Der lange, schlanke Ostfriese griff zum Weinglas und befeuchtete seine Kehle. »Das war so: Ich hatte, gemeinsam mit einem Freund, einem Genueser, eine schöne Brigantine gekauft – kein sehr großes Schiff, aber prächtig segelnd und jedem Orkan gewachsen. Damit wollten wir den großen Kompanien Konkurrenz machen, Tee und Gewürze für eigenen guten Gewinn aus Indien holen.«
»Und«, fragte Alexander, »gelang das?«
»O ja«, erwiderte Graf Enno, »die erste Reise, reichlich zehn Jahre ist es her, war ein großer Erfolg. Aber die zweite! Sie begann gut, wir überwanden die Kalmen glatt, kamen bei schönem Wetter um das Kap der Guten Hoffnung herum, doch dann erwischte uns ein Weststurm – da gab's keine Gegenwehr. Wir hätten nordwärts gemußt, wurden aber west- und südwärts gedrückt, wo es kalt war. Es war schrecklich, das Wasser ging zur Neige, die Nahrung auch, und ringsum nur graues, kaltes Meer.«
»Was tut man denn da, wenn's so ist?« fragte Isabella.
»Warten«, erwiderte Graf Enno, »am Leben bleiben und warten! Wir wußten schon bald nicht mehr, wo wir waren, auch nicht, als der Wind nachließ, ganz aufhörte und es trotzdem wärmer wurde. Das hielt uns ausgemergelte Gestalten am Leben. Eine Meeresströmung hatte uns in wärmere Gefilde getragen.
Und dann, eines Nachts, wir lagen alle an Deck und schliefen, erwachte ich, weil sich etwas verändert hatte – ein Schiff macht an-

dere Geräusche, je nachdem, ob es nur mit dem Wasser treibt oder ob es durch das Wasser gleitet. Ein Seemann merkt so etwas, selbst wenn er schläft. Also, das Schiff bewegte sich durchs Wasser, das konnte nur bedeuten, daß Wind aufgekommen war. Ich schlug die Augen auf – und blickte in ein grauenvolles dunkles Gesicht, aus dem mir nur das Augenweiß, die Zähne und beinerne Ohrringe im matten Dämmerlicht des frühen Morgens schrecklich entgegenleuchteten. Ich brachte keinen Ton heraus, war wie gelähmt, was gut war, denn an meiner Kehle kitzelte mich die Spitze eines Kris, das ist dieser lange, schlangenförmige Malaiendolch.«

Graf Enno machte eine Pause, um noch eine Scheibe kalten Wildschweinbraten zu sich zu nehmen und mit Wein hinunterzuspülen. Seine Zuhörer ermunterten ihn lebhaft, mit der Erzählung fortzufahren.

»Der Eingeborene gab mir durch Gesten zu verstehen, daß ich mich auf den Bauch drehen sollte. Im nächsten Augenblick wurden mir die Hände auf dem Rücken mit einem starken Baststrick zusammengebunden, dann durfte ich aufstehen. Da sah ich es dann: Neben jedem von uns, zwölf Mann waren wir, hockte einer dieser Finsterlinge mit dem langen Dolch. Sie hatten uns völlig lautlos bei Nacht geentert. Es war auch kein Wind aufgekommen – ein riesiges Doppelkanu, mit sicherlich an die hundert Paddlern, war vor unsere Brigantine gespannt und schleppte sie langsam, aber sicher ab. Wir mußten übrigens, ohne es zu merken, ziemlich dicht an ihre Insel herangetrieben sein, denn es dauerte nur ein paar Stunden, bis sie uns an Land, in eine wunderschöne, geschützte Bucht gepaddelt hatten.

Inzwischen waren auch die anderen erwacht und gefesselt worden; wir waren uns einig, daß die uns als Sonntagsbraten eingefangen hatten. Und falls einer daran gezweifelt hatte, so endeten diese Zweifel, als sie uns an Land gebracht hatten: Jeder bekam eine eigene Hütte und reichlich zu essen – wir wurden regelrecht aufgepäppelt, gemästet sozusagen.«

»Was ißt man denn dort?« fragte Isabella.

»Allerlei exotische Gemüse, Bambus, Soja und dergleichen«, erklärte Graf Enno, »auch Fisch und Hühnerfleisch, alles gar köstlich zubereitet, das können sie dort, wahrhaftig. Wir haben es genossen. Wenn schon im Kochtopf enden, dann wenigstens vorher noch einmal gut leben, sagten wir uns – man ließ uns schon nach kurzer Zeit frei herumlaufen, entkommen konnten wir sowieso nicht, auch nicht, als wir nach drei Wochen wieder Muskeln und Speck angesetzt hatten und gut bei Kräften waren.
Als wir dann eines Morgens ein besonders feines Menü bekamen und draußen allerlei Tamtams, Trommeln und Pfeifen lärmten, da wußten wir, es war soweit. Und richtig, man führte uns auf den Hauptplatz, der mit weichen Matten ausgelegt war. Da wurden wir aufgereiht, ringsum der ganze Stamm, die schönsten Mädchen – und die sind wirklich schön –«, bekräftigte Graf Enno, »traten zu uns, zu jedem zwei, kleideten uns aus, die Menge johlte jubelnd. Uns stand der Angstschweiß auf der Stirn, denn wenn es auch recht fröhlich schien, dieses Schlachtfest: als Schlachtopfer fühlt man sich doch nicht so gut.«
»Graf Enno!« herrschte Isabella nun den Ostfriesen an. »Wollt Ihr uns auf den Arm nehmen? Daß Ihr kein Schlachtopfer geworden seid, das sehen wir ja!«
»Gewiß, Durchlaucht, nur, damals glaubten wir das und waren völlig verwirrt, als unsere schönen Schlächterinnen nichts dergleichen taten, sondern sich selbst entkleideten und dann, je zu zweit, über uns herfielen! Glaubt mir, das war wohl der schönste Tag meines Lebens! Man denkt, die letzte Stunde hat geschlagen, man wird von Wilden abgestochen wie ein Vieh – und statt dessen gehen einen diese zauberhaften mattbraunen Wesen wie die Wilden an! Auch noch in aller Öffentlichkeit – doch das war uns egal, und wir wußten ja auch nicht, ob das nicht eine letzte Gnade war. Doch das war's nicht, sonst wäre ich ja nicht hier. Nein, da, an diesem denkwürdigen Tag, begriffen wir, daß die uns nicht als Mastochsen, sondern als Zuchtbullen geentert, gekapert und vereinnahmt hatten.«

»Wenn es in den Ohren der Damen nicht unhöflich klänge«, ließ sich da der Marquis vernehmen, »würde ich sagen, daß der Graf da sehr zu beneiden war.«
Enno von Esens blickte Alexander de Bonneville offen an. »Richtig«, sagte er, »diese braunen Weiber waren eine Offenbarung, die waren mit einer Freude und mit einem Eifer bei der Sache, wie man es zu Hause sehr selten erlebt. Jedenfalls, von diesem Tage an mußten wir ran, alle Frauen, die jungen und auch die älteren, begatten, wieder und wieder – die wollten einfach helleren Nachwuchs, glaubten wohl auch, daß es gescheitere Kinder würden.«
»Und? Wurden es gescheitere Kinder?« fragte Mariella schnippisch.
»Ehrlich, Jungfer, ich weiß es nicht«, sagte Graf Enno, »die hielten uns zwar fest, bis die ersten Kinder geboren wurden. Sie waren alle gesund und schön und etwas heller als die Mütter. Daß sie gescheiter waren, glaube ich kaum, denn diese Braunen da in der Südsee, die sind ohnehin nicht dumm, ganz im Gegenteil.«
»Und wann ließen sie Euch gehen?« fragte Isabella.
»Nun, wie ich schon sagte, als die ersten gesunden Kinder da waren. Aber gehen lassen ist wirklich zu gelinde ausgedrückt. In einer feierlichen Prozession geleitete uns der ganze Stamm zum Strand. Dort warteten noch einmal dreißig junge Schöne, die wir noch nie gesehen hatten – sie waren von einem Nachbarstamm, man ist halt nett zueinander in diesem Teil der Südsee und teilt, was man hat. Natürlich konnten wir uns mit diesen Süßen dort am Strand nicht hinlegen, denn wenn Sand dazwischenkommt... also, die reihten sich in der einzig möglichen Art auf. Ein tolles Bild war das, dreißig hochgereckte, kaffeebraune Hintern auf dem blendendweißen Strand – einen besseren Abschied konnten wir uns nicht wünschen.«
»Und Euer Schiff«, fragte Alexander, »war es denn noch brauchbar? Ich habe mir sagen lassen, daß in der feuchten Wärme der tropischen Meere alles verfault und verschimmelt, was herumliegt und nicht dauernd gepflegt wird.«

»Das ist schon richtig«, bestätigte Graf Enno, »doch auch darauf verstehen sie sich dort. Sie hatten unsere Brigantine bestens bewahrt, die Segel gelüftet, das Schiff war in einem besseren Zustand als je zuvor. Und beladen war es auch, mit kostbaren Edelhölzern, seltenen Gewürzen, kunstvoll geflochtenen Bastmatten und -körben, und in meiner Kapitänskajüte fand ich ein Säckchen mit herrlichsten Perlen – sie hatten uns unseren Lendendienst wahrlich fürstlich gelohnt.«

»Aber wie fandet Ihr denn zurück?« wollte nun Isabella wissen. »Sagtet Ihr nicht, daß Ihr nicht wußtet, wohin Euch Wind und Wetter verschlagen hatten?«

»Nun, in der langen Zeit, die wir dort verbrachten, hatten wir gelernt, uns ein wenig mit den Gastgebern zu verständigen. Und sie sagten uns, in welche Richtung wir segeln müßten, um unseresgleichen zu finden. Wir hielten uns daran und fanden nach einer Woche eine niederländische Station an einer Küste, die Neuguinea heißt. Besonders nett waren sie nicht, diese Niederländer, sie mögen es nicht, wenn dort andere als sie Handel treiben, aber da ich ein friesischer Graf bin und auch ihre Sprache spreche, blieb ihnen nichts anderes übrig, als uns zu sagen, wo wir sind und auf welchem Weg heimzusegeln ist.«

»Ihr sagtet, dieses habe sich vor etlichen Jahren ereignet«, ließ sich nun der Marquis vernehmen, »was aber hat Euch nun ausgerechnet hierher verschlagen?«

»Nun, ich war bald zehn Jahre ununterbrochen auf See. Zur Zeit laß ich mir in Genua ein neues Schiff bauen. Das wird bis zum Frühjahr dauern. Diese Zeit will ich nutzen, meine ostfriesische Heimat und meine Eltern wiederzusehen.

Und weil ich mich halt auf dem Wasser wohler fühle als an Land, reise ich, soweit es geht, per Schiff. Von Basel aus fand ich ein Boot, das mich hierher brachte, jedoch nicht weiter. Nun hoffe ich, eines zu finden, das mich auf dem Rhein bis zur Nordsee nach Rotterdam bringt. Von dort kann ich mit einem Küstensegler in wenigen Tagen Esens erreichen.«

»Wenn Ihr wollt, Graf Enno«, lächelte die Fürstin, »habt Ihr Euer nächstes Schiff schon gefunden – unseres. Denn auch wir reisen auf dem Rhein in die Niederlande. Seid mein Gast!«
Der lange Ostfriesengraf bedankte sich hoch erfreut, und bei einem Seitenblick sah Isabella ein fröhliches Flackern in Mariellas grünen Augen.

10. Kapitel

Das Flußschiff, das der Marquis gekauft hatte, war groß, jedoch von einfacher Bauart – wie der größte Teil der stromab fahrenden Schiffe: für die Fahrt gegen den Strom nicht geeignet, weshalb sie am Zielort zerlegt und als Bauholz verkauft wurden. Dieses Schicksal sollte dem von Alexander ausgewählten Schiff eigentlich schon in Mannheim zuteil werden. So konnte es der Marquis preisgünstig – für den Holzwert – erstehen und sogar noch ein Geschäft erhoffen: In den baumarmen Niederlanden würde der zu erlösende Holzpreis sicher höher sein.

An Deck des Schiffes waren seit dem Vortag sechs stabile und geräumige Verschläge aufgestellt worden, für die zwei Reit- und vier Kutschpferde, auch diese von so vorzüglicher Qualität, daß die Fürstin gar nicht auf die Idee kam, sie zu verkaufen; sie reiste ja auch stets ohne den sonst üblichen Pferdewechsel.

Schon mit dem ersten Sonnenstrahl traf die Reisegesellschaft an der Schiffslände ein; der lange Ostfriesengraf hatte sich selbst und sein einziges Gepäckstück, einen riesigen Seesack, in Isabellas Landauer untergebracht. Rasch wurden die Pferde ausgespannt und in ihre Verschläge geführt, dann schoben die beiden rheinerfahrenen Schiffsknechte, die sich dem Marquis für die anstrengende Stromreise verdingt hatten, den Landauer und die Gepäckkutsche über breite Planken auf das Deck, wo die Fahrzeuge mit Klötzen gesichert und mit starken Stricken festgezurrt wurden. Dann warfen die Schiffsknechte die Leinen los, nahmen ihre Posten an den langen Rudern vorn und hinten ein und ließen das Schiff in den Strom hineingleiten.

Isabella, Alexander, Mariella und Graf Enno hatten auf einer Bank Platz genommen, die auf dem flachen vorderen Deckshaus stand. Den beiden Männern waren der Strom und seine Ufer vertraut, für die jungen Frauen jedoch war die Fahrt auf dem mächtigen Strom ein aufregendes Abenteuer. Unentwegt fragten sie nach dem, was sie zu den Seiten des Wassers sahen.
Schon nach wenig mehr als einer Stunde glitten sie an Worms vorbei, der ersten und ältesten aller Reichsstädte, in der sich die deutschen Fürsten mehr als hundert Male zu Reichstagen versammelt hatten, so auch Anno 1521, zu welchem Reichstag Kaiser Karl V. den Mönch Martin Luther geladen hatte, auf daß er seine ketzerischen Thesen widerrufe, was dieser jedoch, wie man weiß, nicht tat, sondern trotzig sprach: »Hier stehe ich, ich kann nicht anders, Gott helfe mir, Amen!«
Graf Enno wußte noch mehr zu berichten: »Da drüben, in Worms, hat auch Königin Brunhilde gelebt, die Tochter von Athanagild, dem König der Westgoten. War eine tolle Frau, hat sogar ihren Schwager, den König Chilperich, besiegt, und ist dann doch von ihren eigenen Adligen grausam ermordet worden.«
»Wann war denn das?« wollte Mariella wissen.
»Ach, vor mehr als tausend Jahren, so um das Jahr 600 herum, umgebracht wurde sie jedenfalls kurz nach 600«, berichtete Enno.
Am späten Nachmittag erreichten sie Mainz – ehedem »goldenes Mainz« geheißen, Sitz der mächtigsten Kurfürsten, die zugleich Erzbischöfe waren und umgekehrt. Und Geburtsstätte der wichtigsten aller stillen Revolutionen: In dieser Stadt entwickelte der Tüftler Johannes Gutenberg, der eigentlich Johannes Gensfleisch zur Laden hieß, die beweglichen Lettern, kurz, die Buchdruckerkunst.
Eine Stunde drauf, die Sonne sank schon, hieß Alexander die Schiffsknechte anlegen, bei dem Städtchen Elfeld am rechten Rheinufer. »Hier wohnt der Graf von Sillern«, erklärte er, »in dessen gastfreiem Hause wir wunderbar nächtigen werden.«

Das war nicht zuviel versprochen. Der Adelshof derer von Sillern war ein noch recht neues, sehr bequemes Gebäude; wie der Name sagt, um einen Hof herum angeordnet und gelegen auf einer Felsnase hoch über dem Rhein, so daß man aus den dem Strom zugewandten Fenstern weit nach beiden Seiten das von Weinbergen gesäumte Tal einsehen konnte.
Auch was Küche und Keller des gastfreundlichen Grafen hergaben, war von erlesener Qualität, insbesondere der Wein, der von den sonnenverwöhnten eigenen Hängen des Grafen stammte und natürlich auch selbst gekeltert war.
Wie es die Sitte erforderte, wurde der Fürstin ein Quartier gemeinsam mit ihrer Zofe zugewiesen; Marquis Alexander und Graf Enno teilten sich einen anderen der sehr gut ausgestatteten Schlafräume.
»Sag, Mariella«, richtete Isabella, als sie sich nach dem Abendessen in ihr Gastgemach zurückgezogen hatten, »was hältst du davon, wenn wir tauschen?«
Diese Rede war etwas unklar, Mariella verstand sie gleichwohl.
»Ihr meint, ob ich Lust hätte, mich diesem Graf Enno zuzugesellen, damit Marquis Alexander hier ...«
»Was sollte ich wohl sonst meinen?« lachte Isabella. »Nun sag schon, wie du dazu stehst, schließlich kann ich dich nicht dazu nötigen, eigentlich nicht einmal darum bitten.«
»Das braucht's nicht, Isabella. Ich find' ihn ganz reizvoll, diesen Ostfriesen, und wenn ich daran denke, daß wir ja noch einige Zeit unterwegs sind und Ihr ja wohl kaum von Eurem Alexander lassen werdet, ich also neidisch sein müßte – ich habe schon darauf geachtet, wo das Schlafgemach der Männer ist. Laßt uns noch ein wenig warten, dann will ich hinüberschlüpfen und Euch den Alexander herschicken.«

»Richtet Euch lieber nicht auf eine geruhsame Nacht ein!« sprach ungefähr zur gleichen Zeit der Marquis zum Grafen Enno von Esens.

»Warum nicht?« fragte der adlige Seemann und war über diese Ankündigung leicht verwundert.
»Weil Ihr sehr bald, sofern ich mich nicht gewaltig täusche, äußerst reizende Gesellschaft für die Nacht bekommen werdet.«
»Soo«, fragte Graf Enno erstaunt, »woraus schließt Ihr das?«
»Nun, daß die Fürstin Isabella meine Maîtresse ist, das habt Ihr ja wohl bemerkt. Aber dies ist sie erst seit kürzester Zeit, so daß Ihr wohl versteht, daß es uns sehr zueinanderzieht.«
»Gewiß«, nickte der Ostfriese, »das verstehe ich. Doch was hat dies mit mir zu tun?«
»Wenn ich zur Fürstin gehe«, sagte der Marquis geduldig, »dann ist doch dort jemand zuviel, nicht wahr?«
»Ach, Ihr meint die Zofe, dieses schöne, grünäugige Biest!«
»Genau«, erwiderte Alexander, »sie wird mich sicherlich bald hier ablösen, und seid gewiß, Ihr werdet Eure helle Freude an ihr haben, ich weiß, wovon ich spreche!«
In diesem Augenblick klopfte es, und ehe einer der Herren auch nur antworten konnte, schlüpfte Mariella in das Gemach. »Meine Herrin erwartet Euch, Marquis«, sagte sie leise, »es ist die dritte Tür links!«
»Ich danke Euch, Jungfer«, sprach Alexander, »und wünsche Euch eine angenehme Nacht!« Mit diesen Worten ging er.
»Soso, Ihr wollt mir also die Nacht verschönen«, meinte Graf Enno bedächtig.
»Das liegt ganz bei Euch, Graf Enno«, erwiderte Mariella schnippisch, »ich bin ziemlich müde und will mich gern zur Ruhe legen. Ihr könnt unbesorgt sein, ich habe einen sehr ruhigen Schlaf und werde Euch gewiß nicht stören.«
»Gemach, gemach, Jungfer Mariella«, ein freundliches Grinsen ging über das lange Gesicht des schlaksigen blonden Riesen, »wenn Ihr glaubt, daß ein friesischer Seemann so etwas wie Euch unangetastet neben sich liegen läßt, dann irrt Ihr Euch. Freilich, es liegt mir fern, Euch Gewalt anzutun, aber ich denke doch, dessen wird es nicht bedürfen.«

Mariella mußte lachen. »Nun ja, Graf Enno, ich will gestehen, daß ich mir auch nicht gut vorstellen kann, eine ganze Nacht mit einem wie Euch allein zu sein, ohne daß... nun eben, ohne das.«
»So ist's recht, Jungfer Mariella«, freute sich der Graf, der auf der Bettkante saß, »kommt her, setzt Euch auf meinen Schoß, damit ich Euch besser kennenlerne!«
Mariella tat es, fröhlich kichernd, doch das währte nur sehr kurz, denn Graf Enno schlang seine langen Arme um sie und küßte Mariella so stürmisch und intensiv, daß es ihr den Atem verschlug. Ohne damit aufzuhören, löste er dann einen Arm, um ihr unter den Rock zu greifen; genüßlich ließ er seine Hand zwischen den festen glatten Schenkeln nach oben gleiten, wo ihm erfreuliche Nässe anzeigte, daß Mariella in der richtigen Stimmung war. Auch Mariella spürte, daß sich dort, wo sie saß, etwas regte. Doch davon schien der Graf noch keinen Gebrauch machen zu wollen. Mariella war's recht, sollte er nur tun, was ihm behagte, sie würde schon auf ihre Kosten kommen.
Dem Grafen behagte es nun, mit der zweiten Hand Mariellas Mieder aufzunesteln und sodann ihre Brustwarzen zu bezüngeln und zu beknabbern. Es war Mariella anzumerken, daß ihr auch dies sehr gefiel. Doch an der Art, wie sie bald darauf mit dem Hintern auf ihm herumzurutschen begann, erkannte Graf Enno, daß ihr der Sinn nach seinem noch immer eingesperrten Liebesknochen stand. »Wenn Ihr mögt, dann befreit ihn doch«, murmelte er.
Mariella ließ sich das nicht zweimal sagen. Sie glitt von seinem Schoß, warf rasch das ohnehin schon offene Mieder und auch Rock und Unterrock ab, hockte sich vor den Grafen, holte seinen Riemen – eine bei einem Seemann fürwahr angebrachte Bezeichnung – aus dem saloppen Beinkleid, stellte mit erfahrenem Griff fest, daß er bereits seine Endhärte und -größe erreicht hatte und keiner weiteren Ermunterung bedurfte. So nahm sie ihn nur kurz in den Mund, um ihn feucht und besser gleitfähig zu machen, erhob sich dann und wollte sich ihn schon breitbeinig einverleiben, doch wehrte sie Graf Enno sanft ab: »Nicht so, Jungfer Mariella!«

Er stand auf, entledigte sich nun auch rasch seiner Kleider, zog dann eine weiche Decke vom Bett und breitete sie über den großen, schweren Tisch. »Bitte, Mariella, legt Euch darauf, rücklings, und Euren wunderschönen Po hier an die Kante.«

»Ach so«, Mariella begriff, »Ihr mögt es stehend, von vorn!« und legte sich wunschgemäß zurecht.

»Sehr schön«, strahlte der Graf, »wißt Ihr, wir Seeleute sind Augenmenschen. Ich möchte nicht nur fühlen, sondern auch sehen, wie ich in Euch stecke, und Euch dazu, die herrlich zappelnden Brüste, Euer lieblich erregtes Gesicht...«

Er trat dicht vor sie hin, Mariella zog die Beine hoch an, legte die Füße auf seine Schultern, während er sein steil aufragendes, nicht sehr langes, doch sehr dickes Glied in die Waagerechte drückte und vor Mariellas Eingang dirigierte. Mit wuchtigem Stoß trieb er es ganz in sie hinein; Mariella, obwohl sie es ja hatte kommen sehen und auch nichts lieber wollte, ächzte schmerzhaft auf.

Auch der Graf gab einen erstaunten, halb schmerzhaften Laut von sich – Mariella war, wenn auch pitschnaß und weich, sehr eng, ihr Rohr umschloß den hineingepreßten Grafenschwanz fest wie ein Schraubstock.

Indes, solche enge Passung, man weiß es, erhöht den Reiz gewaltig, und wenn Graf Enno sich auch zunächst einmal sehr vorsichtig und bedächtig bewegte, so verlor doch ihr gemeinsames Gewimmer und Gestöhn sehr rasch den schmerzlichen Charakter und nahm intensiv lustvollen an. Mählich legte der Graf auch Tempo zu, Mariellas ganzer Körper bibberte unter seinen Stößen, ganz besonders natürlich die hochragenden, festen Brüste, die, ganz wie es sich Graf Enno gewünscht hatte, mit ihrem aufreizenden Gezappel einen köstlichen Anblick boten.

Der Graf begann verzückt Worte zu stammeln, die Mariella nicht verstand, die häufigste Silbe klang wie »moiii, moi...«

Enno von Esens stammelte friesisch, und »moi« heißt in dieser Sprache »gut«.

Gut ging es auch Mariella, die ungewohnte Art des Verkehrs ließ sie, noch vor dem Grafen, zu einer herrlichen Erlösung kommen. Während sie selig und zufrieden abschlaffte, rammelte Graf Enno in wildem Stakkato noch kurze Zeit weiter, bis auch er sich röhrend und röchelnd entlud. Schwer atmend trat er dann zurück. Mariella setzte sich auf, ließ die Beine von der Tischkante baumeln, strahlte ihn mit blitzenden Augen an. »Das war ein ganz prächtiger Auftakt«, sprach sie lächelnd, »findet Ihr nicht auch, Graf Enno?«

11. Kapitel

Ein Sonnenstrahl, der seine Nase kitzelte, weckte den Marquis. Er setzte sich auf, betrachtete versonnen die neben ihm schlummernde Isabella und küßte sie dann sehr zart wach. »Es ist schon recht spät, ma petite Duchesse«, sagte er dann, »ich werde nun aufstehen und dir Mariella schicken!«

Isabella nickte nur schlaftrunken, zog ihn dann mit sanft fordernden Armen zu sich herab und ließ ihn erst nach einem langen, innigen Kuß gehen.

Mariella und Graf Enno lagen noch, eng aneinandergeschmiegt, in tiefem Schlummer, als der Marquis leise in ihr Gemach trat. Die Decke hatte sich ein wenig verschoben, Mariellas schön gerundete Gesäßbacken lagen bloß, und Alexander konnte der Versuchung nicht widerstehen, diese samthäutigen, festen Rundungen zu streicheln.

Mariella gab wohlige Schnurrlaute von sich, schlug erst nach einer kleinen Weile die Augen auf und war dann überrascht, daß es der Marquis war, der sie streichelte. »Nun, Jungfer Mariella«, lächelte er, »wie war Eure Nacht?«

»Da fragt Ihr besser diesen Stier da«, gähnte Mariella, »ich bin noch immer ganz matt und schlapp!«

»Dennoch müßt Ihr aus den Federn, Isabella erwartet Euch.«

»Schon gut!« Mariella schlug die Decke zurück und rappelte sich hoch. Daß sie nackt war, störte sie nicht, natürlich nicht, denn der Marquis kannte sie ja schon so. Was diesen aber nicht hinderte, Mariellas schwellende Formen sehr aufmerksam und mit großem Wohlgefallen zu betrachten.

Frohen Mutes, wohlversehen mit frischer Speise und kühlem Trank für den Tag, setzten sie ihre Flußfahrt fort. Die wurde nun flotter, denn der Strom, mehr und mehr zwischen den Bergen eingezwängt und immer schmaler werdend, floß jetzt schneller dahin, und mit ihm das Schiff.
»Seht doch, dort«, rief Isabella plötzlich aufgeregt, »ein Haus, eine Burg, mitten im Wasser!«
Sie näherten sich dem Stromknick von Bingen, wo auf einem Felsen in der Mitte des Strombettes eine ehemalige kurmainzische Zollburg ihren wuchtigen Turm emporreckte. »Tja«, erklärte Graf Enno, »früher haben sie hier, und nicht nur hier, Ketten über den Strom gespannt. Nur wer zahlte, kam durch. Gottlob hat das aufgehört. Jetzt steht der Mäuseturm da leer.«
»Warum nennt Ihr diese Flußburg«, sie rauschten gerade mit erheblichem Schwung nahe daran vorbei, »denn einen Mäuseturm?« fragte Mariella.
»Das ist eine alte Geschichte«, erwiderte Graf Enno, »da gab es mal einen Erzbischof von Mainz, der hieß Hatto und soll ein schlimmer Kerl gewesen sein – angeblich hat er hungernde Arme einfach verbrennen lassen. Zur Strafe dafür sperrte man ihn in diesen Turm, und da soll er dann von Mäusen aufgefressen worden sein.«
»Oh, wie schrecklich!« Fürstin Isabella schüttelte sich. »Von Mäusen gefressen, man denke nur!«
»Denk lieber nicht an so etwas«, empfahl der Marquis, »zwar kenne ich diese Geschichte auch, doch ob sie wirklich so geschehen ist, wer will das heute noch wissen. Laßt uns lieber nachsehen, was uns Sillerns Küchen- und Kellermeister eingepackt haben. Die frische Luft hier macht mich hungrig! Euch nicht auch?«
Die drei anderen stimmten zu, und so kramten sie bald in den Körben, die hinter ihrer Bank auf dem Dach des Deckshauses standen, knabberten an delikaten kalten Hühnerbeinen, tranken kühlen weißen Wein – in den Weinkörben lag Eis, das noch vom letzten Winter stammte – und wurden nach und nach immer fröhlicher.

Der Marquis säbelte emsig an einem Wildsauschinkenknochen herum, an dem der Küchenmeister nur eine etwa fingerdicke Schicht Fleisch zurückgelassen hatte – den allerfeinsten Knochenschinken. Genüßlich verspeiste er diese Delikatesse. Dann, als der Knochen fast ganz abgenagt war und nur noch ein rötlicher Hauch ihn bedeckte, hielt er ihn hoch. »Seht einmal, meine Damen«, sagte er, »erinnert Euch das an was?«
»Aber Alexander, was fällt dir ein!« rief Isabella mit – gespielter – Indignation. Mariella war frecher: »Sagt doch, Marquis, an welchen mich dieser Knochen erinnern soll, an Euren oder den des Grafen hier?«
Der Marquis ging vergnügt darauf ein: »Ei, so seht doch nach, wessen Stange dieses Wildsaubein mehr gleicht!«
»Aber Marquis«, nun war auch Mariella verdutzt, »hier, oben auf dem Schiff? Vor aller Augen?«
»Wessen Augen denn?« erwiderte lachend Alexander. »Der Schiffsknecht vorn muß nach vorn schauen, der am hinteren Ruder sieht uns ohnehin nicht, und die Leute am Ufer sind weit weg. Und wenn sie sehen, was wir tun – das Vergnügen gönne ich ihnen!«
»Alexander«, protestierte Isabella wiederum, »du bist ja ein Wüstling!«
»In der Tat, liebste Isabella, so heißen mich nicht wenige«, grinste Alexander, »doch wirst du davon profitieren!«
»Und du meinst, ich ... wir ... sollten hier, auf dieser Bank ...«
»Das meine ich. Und Ihr«, Marquis de Bonneville wandte sich an Graf Enno, »meint Ihr nicht auch, daß unsere Damen grad der rechte Nachtisch, das ideale Dessert nach diesem guten Mahle wären?«
»Oooch«, erwiderte der Ostfriese bedächtig, »ich muß sagen, mir wäre dies keinesfalls unrecht.«
»Da hört Ihr's!« freute sich der Marquis. »Alsdann«, er schleuderte den Schinkenknochen über Bord, »nun schaut nach, ob Ihr etwas Ähnliches findet!«

Isabella blickte Mariella an. Mariella blickte Isabella an. Beide hoben resignierend die Schultern. »Die spinnen, die Männer!« sagte Isabella, aber dann griff sie zu Alexanders Hosenlatz, wie auch Mariella dem Grafen Enno an die Hose ging. Da kamen nun alsbald Dinge zum Vorschein, denen eine gewisse Ähnlichkeit mit dem Wildsauknochen nicht abzusprechen war. Darüber freilich machten sich Isabella und ihre Zofe keine gründlicheren Gedanken; beide hielten je ein schmuckes, steifes und ihnen wohlbekanntes Glied in der Hand und wollten von den Männern wissen, wie es nun weitergehen sollte.

»Tja«, meinte Graf Enno, dessen Riemen Mariella nicht nur mit ihren zarten Fingern umschlossen hielt, sondern, ihrem Instinkt folgend, den Griff anzog, lockerte, auch die Hand dabei sachte auf und ab schob, »tschä, ich mein', wenn Ihr Euch einfach draufsetzt, Ihr habt ja eh nichts drunter, unter Euren Röcken...«

»Und wie?« fragte Mariella, die inzwischen kräftig aufgegeilt war. »Vorwärts oder rückwärts?«

»Rückwärts«, entschied der Marquis, »wie wollt Ihr denn auf dieser Bank anders...«

Doch da war den jungen Frauen das Gerede der Männer zu langwierig geworden: Beide setzten sich resolut, die Röcke raffend und die Hintern den Partnern zugewandt, auf die blaublütigen Schwänze.

Da saßen sie nun. Und keiner der Herren regte sich. Denn der erfahrene Alexander hatte dem Enno zugeraunt: »Nicht herumhampeln, einfach drin stecken lassen. Ihr werdet merken, daß es auch ohne Arbeit ganz wunderbar geht!«

Isabella, die diese hochwirksame Zögertechnik ihres Alexander ja kannte, war über die Reglosigkeit nicht verwundert, sie konzentrierte sich ganz auf das dicke Ding in ihr und entdeckte erfreut, daß sie es zuwege brachte, innerlich ein wenig zu zucken, was Alexander mit einem erfreuten Grunzen quittierte.

Mariella war unruhiger, wollte reiten, was freilich ohne Unterstützung des Grafen in der Stellung, in der sie auf ihm saß, kaum

möglich war. Isabella bemerkte es. »Du brauchst nichts zu tun, Mariella«, riet sie ihrer Zofe, »allein das Gefühl, daß er da drin steckt, treibt dich langsam, aber sicher ganz hoch.«
So saßen denn Isabella und Mariella bewegungslos auf den Männern; von vorbeifahrenden Booten oder dem Ufer aus mochte allenfalls die merkwürdige Sitzhaltung auffallen, der intime Kontakt war unsichtbar unter den bauschigen Röcken.
Die Gesichter freilich, der jungen Frauen wie der Männer, spiegelten, je länger es währte, um so mehr, die sich steigernden Lustgefühle wider. Die wachsende Spannung wurde noch dadurch verstärkt, daß sie instinktiv an sich hielten, um nicht ihre Gefühle laut über den Fluß hinauszuschreien, nicht zu röcheln und zu stöhnen. Nur ganz leise, gepreßte Laute stießen sie von Zeit zu Zeit aus.
Gut eine halbe Stunde mochte seit dem Aufsitzen verstrichen sein, da war es bei Mariella soweit: Ein konvulsivisches, nicht mehr beherrschbares Zucken schüttelte ihren Körper, ihre Hände krampften sich in die Schenkel des Grafen, der seinerseits ihre Hüften packte, ihr entgegenzuckte, bis sie beide, fast gleichzeitig, lustwimmernd erschlafften. Als sie ihrer Sinne wieder mächtig waren, hatten sie das Vergnügen, Isabella und den Marquis bei deren ebenso plötzlich einsetzendem heftigen Endspurt zuzuschauen.
Auf solche Art vergingen von nun an die Tage auf dem Strom und die Nächte in Gasthäusern oder gastlichen Häusern von Standesgenossen sehr vergnüglich-lustvoll. Noch sieben Tage währte dieses Vergnügen, in dessen Verlauf der Strom immer breiter wurde und die Hügel an seinen Ufern sich immer mehr duckten, bis schließlich beiderseits nur noch brettflaches, niederes, grünes Land den Blick bis in weite Fernen schweifen ließ – in die Niederlande.
Am Vormittag des siebenten Tages erreichten sie Arnheim, wo der Rhein sich teilt, und dort hieß es Abschied nehmen von Enno von Esens. Der urige Seemann wühlte lange mit seinen langen Armen in seinem Seesack, bis er fand, was er suchte: einen Stirnreif

aus Fischbein, eingelegt mit glitzernden Perlmuttstücken, geziert mit sieben sanft schimmernden Perlen.
Verlegen, linkisch fast, steckte er Mariella das kostbare Gebilde ins blauschwarze Haar. »Nicht doch, nicht doch!« murmelte er dann erschrocken, als Mariella ungehemmt zu schluchzen begann und sich an ihn klammerte.
Sanft küßte er sie auf die Stirn, schob sie dann an den Schultern ein wenig zurück. »Mariella, mach mich doch nicht traurig! Es war eine wunderschöne Zeit, aber es könnte nicht gelingen, sie auszudehnen. Zum einen könnte ich die Gastfreundschaft der Fürstin Isabella nicht mit der Niedertracht lohnen, daß ich ihr die Zofe entführe. Zum anderen, selbst wenn ich das täte, würdest du unglücklich. Denn zu Haus bei mir in Ostfriesland, da ist es im Winter überaus unwirtlich, naß, kalt und stürmisch, und im nächsten Frühjahr, wenn mein neues Schiff fertig ist, segle ich wieder in ferne Meere. Da darf keine Frau an Bord sein. Es ist zwar ein Aberglaube der Seeleute, daß dies Unglück bringe, doch darf ein Kapitän diesen Glauben nicht mißachten. Du siehst, es wäre vermessen, ja verrückt, wollte ich eine Frau an mich binden.«
Unter dieser langen Rede hatte sich Mariella ein wenig beruhigt, nun stellte sie sich auf die Zehenspitzen, küßte den Grafen kurz und wandte sich dann wortlos ab, ohne sich noch einmal umzuschauen.

12. Kapitel

Graf Enno war, nachdem er sich auch von Fürstin Isabella und dem Marquis de Bonneville artig verabschiedet hatte, mit wiegenden Schritten, den Seesack geschultert, in Richtung des Fischerhafens entschwunden – er wollte sich von einem Fischer Ijssel-abwärts nach Kampen an der Zuidersee bringen lassen. Dort, in der alten, ehemaligen Hansestadt, hoffte er einen Küstensegler zur Weiterfahrt nach Esens an der ostfriesischen Küste zu finden.
Der Marquis überwachte nun das Entladen des Schiffes und wurde, kaum, daß dies geschehen war, von einem wohlbeleibten Mijnheer angesprochen, der sich als Holzhändler entpuppte und für das Schiff einen so guten Preis bot, daß Alexander, der ohnehin nicht gern handeln mochte, ohne Zögern einverstanden war.
Fürstin Isabella hatte am Morgen, auf Bitte von Alexander, eines ihrer braunschwarzen ledernen Reitkostüme angezogen, die ihre Figur samtweich umschlossen und eher enthüllten als verbargen. Denn das Feldlager des Regiments, dessen Inhaber der Marquis war, lag von Arnhem nur wenige Wegstunden entfernt in der Gegend von Zevenaar, und Alexander wollte, daß Isabella dort nicht im Landauer anrollen, sondern zusammen mit ihm auf ihrer Rappstute einreiten solle. Ob er wolle, daß sie ihr Haar unter einer Kappe verberge, um knabenhaft zu wirken, fragte Isabella – sie hatte davon gehört, daß Frauen sich als junge Männer verkleidet in die Feldlager der Armeen einschleichen mußten.
Doch Alexander lachte. »Aber Isabella, ich bin doch stolz auf dich! Jeder soll sehen, welch wunderschönes Weib sich der Kommandeur und General mitgebracht hat. Nein, laß deine Haare offen!«

Sie bot wirklich ein schönes Bild, die junge Fürstin Isabella, wie sie dort ritt, die großlockigen, braun-roten Haare locker über die Schultern fallend, die strammen Brüste sich deutlich unter der silberbestickten Jacke abzeichnend, die wohlgeformten Füße in hellbraunen Stulpenstiefelchen, die köstlich zu den schwarzbraunen Lederhosen und dem pechschwarzen Fell der Rappstute Leila kontrastierten.
Alexander, neben ihr reitend, streifte sie immer wieder mit bewundernd-stolzen Blicken, Isabella hingegen steckte ihre niedliche Stupsnase sehr selbstbewußt in den leicht dunstigen, blauen Vormittag.
Die Hufe der Pferde klapperten, die Räder der Kutschen ratterten.
»Was sind das nur für komische Straßen?« fragte Isabella den Marquis.
»Klinkerstraßen sind's«, erwiderte der Marquis, »es gibt ja hier keine Steine, der Boden ist weich, und so nehmen sie hartgebrannte Backsteine aus Ton, Klinker geheißen, und stecken sie hochkant in den Boden, um ihre Wege zu befestigen.«
Isabella fand das sehr merkwürdig, überhaupt verwunderte sie das Land sehr, in das sie, nur von der Rückenhöhe ihres Pferdes, weit, sehr weit blicken konnte. Und dieser weite Blick ließ sie schon etliche Zeit vor ihrer Ankunft erkennen, daß sie dem Reiseziel nahe waren. »Da vorne, Alexander, was ist das, bunt und spitz!?«
»Deine jungen Augen sehen mehr als meine«, erwiderte der Marquis, »doch wenn es bunt und spitz ist, dann sind es die Zelte meines Regiments.«
»Na endlich«, seufzte Isabella, »ich reite ja gern, aber nicht auf Straßen, sondern querfeldein.« Sie blickte sich um, gab Mariella, die kurz hinter ihr auf dem Kutschbock des Landauers saß, ein Zeichen mit erhobener Hand, was heißen sollte: Jetzt ist es gleich geschafft!
Mariella, die mit der Aufgabe, zwei feurige Pferde zu regieren, seit zwei Stunden so intensiv beschäftigt war, daß sie die Trauer um Enno bald vergessen hatte, nahm dieses Signal erleichtert auf.

Dann waren sie da, in der Zeltstadt, auf grüner Wiese. Rundzelte, rot-weiß, standen da, in mehreren Reihen, gegeneinander versetzt. Sie bildeten eine Gasse, an deren Ende etwas stand, das Isabella den Ausruf entlockte: »Was ist denn das, Alexander?«
»Dein, mein, unser Heim für eine Weile«, erwiderte der Marquis, »ich habe es schon vor Jahren einem türkischen Wesir abgekauft. Ist ungeheuer praktisch, ich habe überall, wo ich mit meiner Truppe bin, eine bequeme Bleibe!«
Sie sprachen über ein riesiges Zelt, schon eher einen Palast, von vielen Masten hochgehalten. Orientalische Symbole zierten die Stoffbahnen, Wimpel wehten im linden Wind von den Masten, martialische Wachen standen vor dem Eingang.
Schon ehe sie diesen erreichten, hatten sich zu ihren Seiten Horden wilder Kerle zusammengerottet, die indes in begeisterten Jubel ausbrachen, den langentbehrten Kommandeur zu begrüßen. Isabella empfand diese Ovationen einerseits als sehr angenehm, andererseits war es ihr unheimlich, so viele dieser wüsten Burschen fast hautnah neben sich zu haben.
»Keine Sorge«, rief ihr Alexander zu, als er absaß, »die mögen dich!« Er übergab sein Pferd einer Ordonnanz und hielt dann Leilas Zügel, so daß Isabella bequem absteigen konnte. Mariella hatte unterdes die Kutschpferde an einem der Pfähle vor dem Zelt festgemacht und gesellte sich nun zu Alexander und Isabella.
Ein schmucker junger Offizier begrüßte den Marquis vor dem Zelt mit der Meldung: »Es ist alles für Sie bereit, mon général«, verneigte sich vor Isabella zu einem Handkuß und lächelte, als er sich wieder aufrichtete, die hinter der Fürstin stehende Mariella herausfordernd an.
»Mein Flügeladjutant, Leutnant von Schwarzenbach«, stellte der Marquis den jungen Mann vor, der nun den Vorhang am Eingang des Zeltes beiseite schlug und mit einer eleganten Handbewegung zum Eintreten lud. Innen war zunächst ein mit groben Matten ausgelegter Vorraum, an dessen aus Teppichen bestehenden Wänden auf kleinen Gestellen flache Pantoffeln aus weichem Leder in

allen Größen standen, sowie etliche Stiefelknechte aus Holz. Alle streiften damit die Stiefel ab und suchten sich dann passende Pantoffeln.
Der Sinn dieses Wechsels der Fußbekleidung wurde alsbald klar. Staunend spürten Isabella und Mariella die kostbaren, weichen, flauschigen Teppiche unter ihren Füßen, als sie den riesigen Hauptraum betraten. Auf so etwas Schönem konnte man nicht mit verschmutzten Stiefeln herumtrampeln.
Der saalartige Mittelraum des Zeltes war gar köstlich ausgestattet; zwei lange Tafeln aus blankpoliertem Ebenholz standen, recht nieder und mit nur knappem Zwischenraum, in der Mitte, ringsum waren weiche Diwane aufgereiht. »Hier kann man sehr gut Schlachten planen«, sagte Alexander fröhlich, »aber auch ganz andere Dinge tun!«
Er führte Isabella und Mariella durch den Saal zur gegenüberliegenden Teppichwand, die von mehreren Vorhängen – statt Türen – unterbrochen war. »Dahinter sind die Wohnquartiere, dort rechts je eins für mich und für meinen Adjutanten, und hier links zwei für Gäste, also für euch beide. Dazwischen ist eine Badegelegenheit – nicht ganz so schön wie deine in Katzenstein, Isabella, doch durchaus angenehm, wie du sehen wirst.«
»Ach, Alexander, als ob das so wichtig wäre! Mir ist alles recht, wenn ich nur bei dir sein kann«, erwiderte Isabella. »Allerdings«, fügte sie hinzu, »werde ich von der Badegelegenheit gleich Gebrauch machen, nach dem langen Ritt hab' ich's nötig!«
»Nur zu«, sagte Alexander, »inzwischen kann mir Leutnant von Schwarzenbach Bericht erstatten. Euer Gepäck ist sicher schon durch einen Seiteneingang hereingebracht worden.«
Die Räume, die Isabella und Mariella nun betraten, waren typisch orientalisch ausgestattet, weiche Teppiche und Felle, schwellende Kissen, niedere, große Diwane. Isabella schälte sich mit Mariellas Hilfe aus ihrem Reitkostüm, auch Mariella, von der Arbeit auf dem Kutschbock verstaubt und verschwitzt, entkleidete sich; gemeinsam gingen sie in das Badegemach. Dort gab es keine hölzer-

nen Zuber wie daheim, sondern eine große, kupferne Wanne, die bereits mit duftendem warmen Wasser gefüllt war. Tücher, Seifen, Öle, Bürsten lagen auf schwarzgelackten und goldverzierten Tischchen bereit.

Isabella und Mariella waren noch damit beschäftigt, sich gegenseitig in der Wanne abzuseifen – ohne sich zu reizen wie früher so oft; sie hatten in letzter Zeit ja keinen Mangel gelitten –, als der Marquis in das Badegemach trat. Er trug einen bequemen Morgenmantel aus glänzender blauer Seide, ließ sich auf einer Bank nieder, sah lächelnd den beiden Frauen in der Wanne zu. »Laßt euch nicht stören«, meinte er, »ich warte, bis ihr fertig seid.«

Das tat er zwar mit ruhiger Gelassenheit, doch als Isabella und Mariella ihr Bad beendet hatten und er sich des Morgenmantels entledigte, um nun selbst in die Wanne zu steigen, da war unübersehbar, was der liebliche Anblick der beiden Badenden bewirkt hatte: Groß und stark ragte sein Liebesknochen in die Höhe.

»Ach, herrje, Alexander«, rief Isabella, »steht er dir auch irgendwann mal nicht?«

»Wundert's dich, bei eurem Anblick?« gab er zurück.

»Nein, eigentlich nicht«, räumte Isabella ein, »aber den können wir doch unmöglich so stehen lassen! Es ist zwar jetzt nicht die Zeit für langes Getue, doch was sein muß, muß sein! Los, hinein mit ihm, und jetzt nicht zögern, sondern mit Schwung drauflos.«

Während sie dies sagte, beugte sie sich tief nieder, stützte sich mit den Ellenbogen auf die flache Bank, auf der Marquis Alexander eben noch gesessen hatte, und machte es ihm so leicht, sie bei den Hüften zu packen und seinen Stab wie gewünscht schwungvoll von hinten in sie hineinzurammen.

Er stieß sogleich in einem fast rasenden Takt zu. Mochte es daran liegen oder an der überraschenden Spontaneität der Situation, jedenfalls trieb es Isabella diesmal sehr viel rascher als sonst zum Höhepunkt der Lustgefühle. Als sie ihre Freude ausgeröchelt hatte, sah sie, während Alexander sie weiter heftig stoßend durchschüttelte, aus den Augenwinkeln Mariella, die dem Schauspiel

zusah und sich selbst mit einer Hand bearbeitete. »Magst mich ablösen?« keuchte sie. »Ich bin schon fertig, er aber nicht!«
»Gern«, rief Mariella und brachte sich neben Isabella, die Bank war breit genug, in dieselbe Haltung wie die Fürstin. »Los, Alexander«, japste Isabella, »mach nebenan weiter!« Der war so in Schwung, daß ihm alles recht war, er zog sein Gemächt aus Isabella, trat einen Schritt seitwärts und preßte es in Mariellas bereite, nasse Spalte, ohne dabei seinen heftigen Stoßrhythmus zu verändern; Mariella quiekte unter diesem kraftvollen Ansturm entzückt auf. Auch sie brauchte, vorgeheizt wie sie war, nicht sehr lange, bis es ihr kam, doch da kam's dann auch dem Marquis, so daß die drei in der Badestube allesamt sehr zufrieden waren, insonderheit der Marquis, der nun, nach dieser Doppeltat, endlich in die Badewanne konnte und sich von den beiden Schönen abschrubben ließ.

13. Kapitel

Fürstin Isabella und auch ihre Zofe hatten sich bereits nach wenigen Tagen gut in dem orientalischen Luxuszelt eingelebt, es erwies sich in jeder Hinsicht als bequem und angenehm. Auch die Feldküche des Marquis erwies sich als erstaunlich leistungsfähig, was insofern nicht verwunderlich war, als Alexander de Bonneville nicht nur als Roué, sondern auch als Feinschmecker einen Ruf zu verteidigen hatte, weshalb er sich den Luxus leistete, zwei Spitzenköche aus Straßburg zu beschäftigen.
Mariella hatte sich, wie kaum anders zu erwarten, mit dem jungen Leutnant von Schwarzenbach über den Verlust des Grafen Enno von Esens hinweggetröstet. Freilich, allzuoft bekamen Isabella und Mariella den Marquis und seinen Adjutanten in den ersten Tagen nicht zu sehen – Alexanders lange Abwesenheit machte es notwendig, daß er sich erst einmal gründlich um seine Truppe kümmerte.
Da der Krieg um diese Zeit schon zu Ende war, gab es keine Kämpfe; Fürstin Isabella und Mariella konnten auch ungefährdet Ausflüge in die Umgebung machen, so in die nahegelegenen Städte Nijmegen, Kleve oder Emmerich, in denen es viele wunderschöne alte Bauwerke – Burgen, Kirchen, Klöster, Rathäuser – zu bewundern gab.
Die Mahlzeiten nahmen sie meistens gemeinsam mit dem Marquis und seinem Adjutanten ein. Nach einer Woche aber erklärte Alexander beim Frühstück, daß er an diesem Tage ein Bankett für seine Offiziere ausrichten werde. Dies werde wie immer bald in ein Trinkgelage ausarten – »und das ist nichts für Damen. Natür-

lich lasse ich die Köstlichkeiten, die ich auftische, auch euch servieren.«

Das Bankett begann am frühen Nachmittag. Nach und nach versammelten sich in der Haupthalle des Prunkzeltes an die zwanzig Obristleutnants, Hauptleute und Leutnants, die Erstgenannten meist wuchtige Männer gesetzteren Alters, die Letztgenannten eher jugendlich, einige rechte Milchgesichter darunter.

Sie nahmen auf den Diwanen beiderseits der Doppeltafel Platz, der schmale Gang dazwischen diente den Küchenburschen und Mundschenken zum Servieren. Und was da alles aufgetragen wurde! Köstliche Bratenstücke, knusprig und heiß, ausgelöstes Fleisch von Fasan und Rebhuhn, zartgedünstete und entgrätete Zander und Barsche, frischgeräucherte Flußaale, getrüffelte Pasteten. Dazu gab es, ganz nach Wunsch, starkes braunes oder bitteres helles Bier, schweren roten oder spritzigen weißen Wein.

Fünf Musikanten, die der Marquis vom Hofe des Oberkommandierenden der kaiserlichen Armee, Prinz Eugen von Savoyen, ausgeliehen hatte – er residierte nicht weit entfernt in einem Schloß –, fiedelten und flöteten heitere Weisen.

Fürstin Isabella und Mariella sahen von Zeit zu Zeit durch Vorhangschlitze dem Treiben der Männer zu; hören konnten sie es ohnehin, nicht nur die Musik, auch die mit zunehmendem Bier- und Weingenuß immer lauter werdenden Stimmen. Immer neue Trinksprüche wurden da ausgebracht, mit kräftigen Worten prostete man einander zu, ab und zu dröhnte brüllendes Gelächter durch das Zelt.

Nach einiger Zeit jedoch, alle waren reichlich gesättigt und die Tafeln abgeräumt, wurde ein anderer Ruf laut. »Höre ich richtig, Mariella«, fragte Isabella, die noch an einem süßen Dessert löffelte, »brüllen die Kerle da draußen nach Weibern?«

»Hört sich so an«, nickte die Zofe, »da, jetzt wieder!«

»Weiber her, Weiber her! Wo bleiben die Weiber?« tönte es dumpf durch die Stoffwände.

»Die werden doch nicht uns meinen?« wunderte sich die Fürstin.

»Aber nein«, Mariella schüttelte lachend den Kopf, »die meinen sicher die lockeren Mädchen aus den Marketenderzelten.«
»Na, ob die den Herren Offizieren gut genug sind?« meinte Isabella zweifelnd. Gerade als sie dies sagte, ertönte aus der Halle Jubelgeschrei. »Aha«, nickte die Fürstin, »jetzt werden sie wohl eingetroffen sein, die Weiber. Komm, Mariella, laß uns durch die Ritzen schauen. Ich möchte doch wissen, was das für welche sind!«
Marketendermädchen waren es nicht, das sahen sie gleich. Der Marquis wußte, was er seinen Offizieren bei einem rechten Fest schuldig war. Er hatte dafür aus den größeren Städten ringsum zehn der ansehnlichsten willigen Meisjes anwerben lassen. Sie waren auch wirklich alle recht hübsch, die meisten etwas füllig, wie es dem Geschmack der Gegend und der Zeit entsprach. Gut und kostbar gekleidet waren sie auch.
Ihr Auftritt mußte wohl abgesprochen sein, jedenfalls stiegen sie nun, als die Musikanten eine rhythmische Tanzmusik erklingen ließen, auf die flachen Tische und begannen hüftwiegend zu tanzen, wobei den tiefer sitzenden Männern erste Blicke unter die schwingenden Röcke zuteil wurden.
Im Takte des Tanzes entblätterten sie sich dann, doch nicht alle gleichzeitig, sondern eine nach der anderen, und das auch noch langsam. Lauter Jubel begrüßte jede frei werdende Brust, noch lauter wurde es jedesmal, wenn sich ein wolliges Dreieck mit schwellend roten Lippen den Blicken darbot.
Nicht alle der Mädchen zogen sich gänzlich aus, einige behielten ihre weißen oder schwarzen Seidenstrümpfe an, gehalten von bunten Strumpfbändern in der Mitte der Oberschenkel. Manche hatten Brustwarzen und Bauchnabel tiefdunkelrot oder sogar lila geschminkt, einige hatten die Schamhaare abrasiert.
Natürlich hatten die Offiziere, da die Entblätterung ebenso langsam wie aufreizend vonstatten ging, längst alle steife Glieder, die sie nun schwungvoll aus den Hosen holten und erwartungsfroh mal dran herumrieben.

Die Mädchen begrüßten zwar das Erscheinen der Offiziersständer mit fröhlichem Gekicher, zum Einsatz kamen diese männlichen Waffen jedoch noch nicht. Denn die Mädchen hatten eine sehr eigene Art, sich vor dem groben Stoßgeschäft richtig einweichen zu lassen. Sie setzten sich breitbeinig vor die Männer auf die Tische, ließen sich Rotwein reichen und ließen den Wein unterhalb des Bauchnabels auf ihren Bauch tröpfeln, von wo er natürlich in ihre aufgespreizten Lustgrotten rann, woselbst ihn die Männer aufschlecken sollten, was diese auch ohne zu zögern taten und sich dabei, da sie ja gegenüber den Mädchen in der Überzahl waren, mit großem Eifer gegenseitig ablösten.
Nach einer Weile waren es wieder die Mädchen, die die Initiative ergriffen, sie waren wirklich das – nicht wenige – Geld wert, das man ihnen für diesen langen Nachmittag versprochen hatte. Resolut schubste jetzt jede den Mann, der gerade mit ihr beschäftigt war, rücklings auf den nächsten Diwan, griff sich seinen Steifen und schob ihn in den Mund. Da sie das vorwärts taten, waren sie rückwärts für die überzähligen, unbeleckten Schwänze offen, und die bekamen sie denn auch prompt hineingesteckt.
Die Herren, die sich den fülligen, elastisch wabbelnden Hintern widmeten, nutzten ihre größere Bewegungsfreiheit, sich der störenden Kleidung zu entledigen, dann wurde getauscht, bis auch die Männer unterm Massengerammel alle nackt waren.
Isabella und Mariella, die das alles durch die Vorhangschlitze mit ansahen, wurde es heiß und heißer. »Verflixt noch mal«, murmelte die Fürstin, »das hätte ich auch mal wieder gern, zwei so Dinger gleichzeitig mit mir beschäftigt!«
»Ach ja«, seufzte Mariella, »es ist ein so schönes Gefühl, gleich zwei in Gang zu halten!«
Sie hatten nicht bemerkt, daß zwei Herren sich ganz unauffällig noch nicht an der Orgie beteiligt hatten – der Marquis und sein Adjutant. »Was brauchen wir die Hürchen«, hatte Alexander dem Leutnant zugeraunt, als die Rammeltruppe einmarschierte, »wir haben doch was Besseres. Warten wir, bis alle voll beschäftigt

sind, und dann ...« Durch freundliche Augensignale und Winke hatten sie den Mädchen, die ihnen am nächsten waren, zu verstehen gegeben, daß sie ihrer Dienste nicht bedürfen, obwohl sie, um sich nicht auszuschließen, auch ihre steifen Glieder hervorgeholt und sich entkleidet hatten.
Nun, als alle in der allerheftigsten Weise miteinander beschäftigt waren, erhoben sie sich und gingen, wie von ungefähr und immer an der Teppichwand entlang, zu dem Vorhang, durch den es zu Isabellas und Mariellas Gemächern ging.
Diese beiden, deren Augen immer noch fasziniert an dem wogenden Körpergewusel hingen, waren nicht wenig verdutzt, als unversehens ihre Geliebten nackt und mit mächtig stehenden Schwengeln vor ihnen standen. Indes, sie meisterten die Überraschung unverzüglich, zogen die Männer in Isabellas Gemach, streiften rasch die Kleider ab. »Wer zuerst beide?« zischte Isabella ihrer Zofe zu.
»Ihr natürlich!« flüsterte Mariella zurück. Die Männer bekamen das gar nicht mit, denn ehe sie es sich versahen, hatten die jungen Frauen schon ihre Stengel im Mund, rieben ihre harten Brustwarzen an ihren Schenkeln, lutschten und saugten mit Inbrunst. Nach einer Weile löste Isabella ihre Lippen von Alexanders Glied. »Du«, keuchte sie, »ich möchte auch mal zwei, wie die da draußen. Hast du was dagegen, wenn der Leutnant ...«
»Aber nein«, lachte der Marquis, »nachdem du mich neulich in die Mariella ... he, Leutnant, die Fürstin hier möchte einen zweiten ... seid doch so gut ...«
Leutnant von Schwarzenbach blickte ein wenig erstaunt den Marquis und dann Mariella an, die seinen Apparat noch im Mund hatte, ihn jedoch grad daraus entließ und sagte: »Nun mach schon, Friedrich! Ich will's ja dann auch doppelt!«
Isabella, die wieder am Marquis saugte, gurgelte zufrieden auf, als sie den nicht gerade kleinen Phallus des Leutnants in sich eindringen spürte. Mariella sah lächelnd zu. Sie wußte, die hocherregte Fürstin würde unter dieser energischen Doppelbedienung nicht

allzulange brauchen, um zur Freude zu kommen. So war's dann auch: Wie ein Zitteraal zappelnd und, weil sie ja den Mund voll hatte, schnorchelnd wie ein Walroß machte Isabella ihren Wonnesturm unüberseh- und unüberhörbar.
Der Leutnant zog sich aus ihr heraus, sie entließ den Marquis, rollte sich zur Seite und keuchte Mariella zu: »Du bist dran!« Und sogleich nahm Mariella Isabellas Platz ein, stülpte ihre vollen Lippen über den großen »kleinen Marquis« und genoß die ruppigen Stöße des Leutnants, die ihren Körper durchschüttelten.
Derweil tobte in der Haupthalle die Orgie unvermindert weiter. Lange Ketten bildeten sich, eines der Mädchen vergnügte sich damit, stets gleichzeitig fünf der Herren zu beschäftigen: Auf einem ritt sie, einen ließ sie ins rückwärtige Loch stoßen, einen hatte sie im Mund, und da der, auf dem sie saß, ihren Oberkörper stützte, hatte sie die Hände frei, um damit noch zwei Riemen energisch zu rubbeln. Eine andere bewies die Kraft und Beweglichkeit ihrer Schamlippen, indem sie damit auf eine Tischdecke gelegte Dukaten aufnahm und festhielt, die sie dann behalten durfte.
Der Marquis und sein Adjutant, von ihren Geliebten gebeten, Getränke und Erfrischungen zu holen, besahen sich lächelnd das schamlos-vergnügte Treiben. Ja, so etwas mußte von Zeit zu Zeit sein, vor allem in Zeiten, in denen militärisch nichts los war. Davon würden die Männer einige Zeit zehren. Daß ihr Fehlen in dem hemmungslosen Trubel keineswegs übel, sondern überhaupt nicht vermerkt werden würde, dessen waren Alexander und Friedrich nun sicher. So beluden sie sich mit Flaschen und Tabletts und kehrten in Isabellas Gemach zurück, um sich nach einer Erholungspause weiter ihren beiden Schönen zu widmen.

14. Kapitel

Die große Orgie bildete noch lange Gesprächsstoff im Feldlager des Regiments. Denn sie war nicht auf die Offiziere im Prunkzelt des Marquis beschränkt geblieben – das durfte man nicht riskieren, wollte man nicht Neid und Unzufriedenheit wecken. Nein, wenn der Kommandeur so etwas für die Herren veranstaltete, dann war natürlich für die Truppe nicht nur dienstfrei, es gab auch einen Extrasold, der bewirkte, daß Gemeine und Unteroffiziere es den Herren nachtaten, und die Marketendermädchen und Amateurinnen aus den umliegenden Dörfern alle Hände – und nicht nur die – voll zu tun hatten.

Gesprächsstoff blieb dieses Ereignis auch, weil im Feldlager sonst so gut wie gar nichts geschah. Das Leben war langweilig, auch im Prunkzelt. Nicht, daß es der Marquis an Aufmerksamkeit und Fürsorge für Isabella mangeln ließ, oder Friedrich von Schwarzenbach nicht rührend um Mariella besorgt gewesen wäre, doch an dem Stumpfsinnstrott einer unbeschäftigten Kriegstruppe änderte das wenig. Auch Isabella und Mariella langweilten sich gehörig. Hinzu kam, daß das Wetter immer herbstlicher und kühler wurde, so daß es in den Zelten – der Soldaten wie des Marquis – trotz vorsichtig aufgestellter Holzkohleöfen allmählich klamm wurde. Eine gewisse Zeit lang nahmen die beiden jungen Frauen, frisch verliebt, wie sie waren, diese mißlichen Umstände nicht wahr, doch je länger sie währten, desto bewußter wurden sie ihnen.

»Alexander, wie denkst du dir das, wie das weitergehen soll?« fragte Isabella eines trüben, windigen Oktobermorgens beim

Frühstück. »Ich kann mir nicht gut vorstellen, wie der Winter in diesem Palast aus dünnem Stoff werden soll.«
»Ich weiß es auch nicht«, gab der Marquis betrübt zu, »dies Ding ist natürlich für den Sommer, jedenfalls für warmes Wetter gedacht, im Winter war's bisher stets eingepackt, denn im Winter wird ja üblicherweise auch kein Krieg geführt. Es ist wirklich das erste Mal, daß mir solches geschieht.«
»Das tut mir leid für dich, Alexander«, sagte Isabella, »doch du wirst verstehen, daß ich hier allerhöchstens noch ein paar Tage bleiben kann«, fügte sie energisch hinzu. »Wenn sich bis dahin nichts tut, muß ich wohl oder übel nach Hause fahren – weder will ich mir hier Grippe oder Gicht holen, noch will ich später in Schnee und Eis reisen.«
»So kenne ich dich ja gar nicht, Liebste«, sagte Alexander verdutzt, »doch ich muß zugeben, daß du im Recht bist. Hab wenigstens noch einige Tage Geduld, ich will noch einmal Erkundigungen einziehen. Wenn es nichts fruchtet, nun, dann soll meinethalben dieses Regiment der Teufel holen, dann gehe ich mit dir, du bist mir wichtiger!«
Da strahlte Isabella, gewährte natürlich die erbetene Frist, derer es jedoch nicht bedurfte. Denn draußen, auf der Gasse zwischen den Zelten, ertönte schmetternder Fanfarenschall. »Mon dieu, da kommt wer«, rief Alexander und eilte vors Zelt.
In der Tat, da kam wer! Zwar mit nur kleinem Gefolge, doch erheblichem Gepränge, kam da ein kleiner Mann angeritten, sprang vom Pferd, ging mit federnden Schritten auf den Marquis zu und breitete die Arme: »Mon cher Alexandre!«
Es war niemand anders als der berühmte Prinz Eugen von Savoyen, des Kaisers Oberfeldherr. »Ich hab' gehört, du hättest eine Fürstin bei dir? Wo ist sie denn?« erkundigte sich der Savoyer.
»Hier«, sagte Isabella, die eben aus dem Zelt trat, »grüß dich, Eugen! Ich bin die Isabella.« Eine Ordonnanz hatte ihr, als sie Alexander hinterhereilte, zugerufen, daß Prinz Eugen gekommen sei, und soviel hatte Isabella in ihrer Zeit mit Heinrich-Otto von ihrem

Rang verinnerlicht, daß Fürsten unter sich einander stets per du und mit Vornamen anreden. Der berühmte Savoyer war auch keineswegs erstaunt. »Ich bin froh, Isabella«, meinte er trocken, »daß du mir den Alexander hier bei Laune gehalten hast. Den brauche ich nämlich noch. Laßt uns hineingehen, es gibt mancherlei zu besprechen.

Und so begann ein neuer Lebensabschnitt für Fürstin Isabella.

Brix, Hans (Hrsg.):
Da lachen selbst die Elefanten
112 S. Band 753

Cefischer:
Oskar, der Familienvater
Die Schnurren des lustigen Katers Oskar.
96 S. Band 2102

Cefischer:
Frech wie Oskar
Weitere Abenteuer von Oskar, dem Familienvater.
96 S. Band 2104

Grabinger, Werner (Hrsg.):
Knaurs lachende Welt, Bd. 1
192 S. Band 477

Grabinger, Werner (Hrsg.):
Knaurs lachende Welt, Bd. 2
192 S. Band 510

Hürliman, Ernst:
Ja, so san's oder Ja, so sind sie
Aus dem Alltag eines Millionendorfes.
128 S. Mit 178 Abb.
Band 2103

Hechenberger, Freny:
Kennst du den?
Tausend Witze – und wie man sie sich merken kann.
208 S. Band 2107

Jacobsson, Oscar:
Die besten Adamson-Bildgeschichten
160 S. Band 2106

Mose:
Fröhliche Bosheiten
128 S. Mit 160 Cartoons.
Band 757

Rauch, Hans Georg:
Heitere Cartoons
128 S. Mit 120 Cartoons.
Band 746

Schneyder, Werner:
Gelächter vor dem Aus
Die besten Aphorismen und Epigramme.
256 S. Band 2108

Wittich, Boris:
Von Blaublütigen und Andersgläubigen
Die schönsten Witze über Adel, Juden, Geistlichkeit.
128 S. Band 2101

Wittich, Boris:
Ärztewitze
Besser als jede Pille.
128 S. Mit ca. 20 Abb.
Band 2105

Krimi **Knaur**

Cunningham, E. V.:
Sylvia
240 S. Band 4937

Pronzini, Bill:
Nostalgie mit Todesfolge
192 S. Band 4935

Rutherford, Douglas:
Kopfgeld für den falschen Mann
160 S. Band 4936

Tews, Lydia:
Sie sind ein schlechter Bulle, gnädige Frau!
160 S. Band 4932

Williams, David:
Zigarren für Treasure
160 S. Band 4933

Zeindler, Peter:
Tarock
192 S. Band 4934